レイジー ガーディアン

水《みな》壬《み》楓《ふう》子《こ》

ILLUSTRATION：山《やま》岸《ぎし》ほくと

レイジー ガーディアン

LYNX ROMANCE

CONTENTS

レイジー
ガーディアン

季節はそろそろ本格的な夏を迎えようとしていた。

大陸の北に位置するこの地域では、一年でもっともいい季節である。

視界を埋め尽くすモノトーンの景色から、世界は一転して鮮やかな色彩が広がっていく。やわらかな緑の山並みや草原。たくさんの花。飛び交う蝶《ちょう》。

それに誘われるように、動物たちの動きも活発になる。

雪都《ゆきみや》、花都《はなみや》、鳥都《とりみや》、風都《かざみや》、そして月都《つきみや》。

北方五都と呼ばれるこの一帯では、国を守り、発展させるために、主に直系の王族にはさまざまな守護獣がついていた。守護獣たちは主《あるじ》を助け、その才能を最大限に引き出す力を持つのだ。

武術に長じた者には、トラやライオン、ヒョウといった大型の獣、あるいは鷲《わし》や鷹《たか》などの攻撃型の猛禽類《もうきんるい》が。土木建築や農牧に才のある者には、牛や馬、羊、あるいは犬たち。聖職者や学者であれば、フクロウやミミズク、そして医療に関《かか》わる医師や薬師であればウサギやネコ、ヘビなどがつくことが多いだろうか。むろん個体差はあり、動物の種類よりもむしろその個体差によって、能力の方向性も強さも違ってくる。

原則的には、守護獣が主を選ぶ。その人間の才能、特性を見極めて、契約を交わすのだ。

現在の月都の世継ぎ、一位様である千弦《ちづる》などは、千年に一度現れるかどうかというペガサスを守護獣に持っていた。オールマイティな力を持つと言われる聖獣だ。

つまりそれだけ、千弦には傑出した能力がある、ということだろう。一位様という立場であれば、もちろん為政者としての。

月都の民としては、そんな不世出の皇子の治世を次に控えているわけで、将来においても平和と繁栄とが約束されていると言っていい。

実際、月都は五都の中でももっとも広大な領土を持ち、権勢を誇っていた。

黒江《くろえ》が暮らしているのは、その月都の王都の郊外にある「瑠璃《るり》の館《やかた》」と呼ばれる広い屋敷である。

この館の裏庭から続く広大な森が「瑠璃の森」と呼ばれているためで、野生の動物が多く生息していた。

もちろん、それらは「守護獣」というわけではなく、普通の動物だったが。

森の湖には鷺《さぎ》や鶴《つる》も飛んでくるし、キツネやタヌキの姿もある。そして夏場には、鮮やかな青い羽のオオルリも飛来してくる。名前の由来なのだろう。

さらには館の庭でも野生の鹿《しか》が草を食《は》んでいるし、野ウサギも穴を掘っているし、木々の上ではリスたちが走りまわり、大きく頰《ほお》を膨らませている。

そして、大木の間では――。

大股《おおまた》でその物体に近づいた黒江は、聞こえてくる寝息……というほど安らかなものではなく、結構ないびきに、わずかに顔をしかめた。

二本の大木の間に渡された、大きなハンモック。

その上で、腹を出してずうずうしく寝ているのは……クマ、だった。

どこからどう見ても、でかい灰色熊《ぐま》だ。

胸や頭のあたりに、ところどころ白毛が混じっている。時折、大きな鼻息で、ふわふわとその毛が揺れていて、いかにも気持ちよさそうだ。

それはそうだろう。初夏の昼下がり、心地よい風が吹き抜ける木陰の中、優雅にハンモックでの昼寝である。

館中の人間がいそがしく立ち働いている中で――だ。

それにしても相当、頑丈に作ってあるのだろう。これだけのクマの体重を支えているくらいだから。

いったいいつの間に……誰《だれ》に作らせたのか。

あとで調べて叱《しか》っておかなくては、と眉《まゆ》をひそめつつ、黒江は内心で思う。おそらくは、仲のいい庭師の誰かだろうが。

脅されて作ったとは思えない。どうせ、この怠け者のクマに言いくるめられたに違いない。

クマだけあって、厳《いか》つい外見なわけだが、意外と愛想はよく、口も立つ。

何も知らない人間がうっかり出会ってしまったら怯《おび》えて逃げ出すところだろうが、さすがに館の者たちは慣れていて、このクマとも気さくに接していた。

それにしてもこれほど無防備に、ヨダレを垂らし、腹を出して寝ているクマなど見たことないぞ…、と黒江はあきれたのが半分、しばらくクマの寝顔を見つめてしまった。

小さな耳がピクピクと動き、毛むくじゃらの短い手が思い出したように顔を撫《な》でて、何やらむにゃむにゃとうめいている様子は、ぬいぐるみみたいでカワイイ……とはとても思えない。

むしろ、だらしなく怠惰なおっさんの風情である。

守護獣として、この危機感のなさはなんなんだ。いや、野生の動物として、そもそもこの腹丸出しの無防備さはどうなんだ、という気がする。……まあ、守護獣となって、主を持っている時点で野生とも言い難いのだろうが。

しかし本来、守護獣であれば守護獣としてのプライドがあるはずなのだ。主を守り、補佐するためには、野生の動物以上の危機管理とストイックさを持っていてもらいたい。

と、足側の木の幹を伝って走り下りてきたリスがクマの腹の上を突っ切って、鼻先をかすめて頬のあたりを走り抜け、耳の間を通り抜けて頭側の木へと渡っていった。母リスなのか、待っていたもう一匹のリスと合流して、ちょろちょろとまた木を登っていく。

ちょうどいい橋代わりにされながらも、クマに目覚める様子はまったくない。くすぐったかったのか、ガシガシとオヤジくさく、鋭い爪《つめ》で胸のあたりを掻《か》いただけで。

顔を踏みつけられてこのマヌケ面とは、リスにまでバカにされている感じだ。

ムカッと腹が立った黒江はゆっくりとクマに近づくと、両手をハンモックの端にかけ、グッ…と思いきり引っ張った。

重さがあるだけに最初は力が必要だったが、少しずつ押しては引き、ゆっくりと揺れ始める。その重さでだんだんと勢いがつき、ある程度大きく揺れたところで手を離すと、一気にひっくり返してやった。

『――うおっ…？　っつった――っ…！』

目の前で、でかいクマが見事にハンモックから転がり落ち、顔から地面にたたきつけられる。

ドサッ、というよりは、ズドン、というくらい大きな音がして、一瞬、地響きがしたような気がした。……動物として、あまりにも無様だ。

『なっ、なな何だっっ？』

クマが寝ぼけたようにきょろきょろし、頭に引っかかってきたハンモックを、蜘蛛《くも》の巣を払うように押しのける。前足で腰のあたりを撫でながら、ようやく仁王立ちでにらんでいる黒江に気づいたらしく、真正面から目が合った。

『あ』

そしてあからさまに、まずい、という顔をしてみせる。

クマが相手でも、さすがに十五年ほどとつきあいが長くなると、そのくらいの表情は読み取れるようになるものだ。

守護獣の中には――とりわけ大型獣であれば――人間に姿を変えられる動物もいる。そういう守護獣たちは、人の言葉を話すこともできた。もちろん守護獣によって個体差はあり、あえてしゃべらない動物もいるようだが。

ただ、やはり本来の動物姿の方が楽ではあるらしく、館の中にいる時ならたいていクマ姿である。

……要するに、怠け者ということだ。いや、怠け熊か。

「ゲイル！　仕事は終わったんですか!?　でっかい図体《ずうたい》でゴロゴロしてないで、小麦粉を厨房《ちゅうぼう》に運んでくださいとお願いしたでしょうっ」

『あー…。や、ゴロゴロはしてないだろ？　ぶらぶらしてただけで。気持ちいいぞ～。おまえもちょっと寝てみろよ。ほら、そんなぷりぷりした顔してると、せっかくのカワイイ顔が台無しだぞ？』

ゲイルがそっと目を逸《そ》らしながらも、とぼけるように誘ってくる。

相変わらず、調子のいいクマだ。

黒江にしても、ちょうど二十歳になったのだ。そろそろカワイイ、などと言われる年ではなくなっているはずだった。

とはいえ、少しばかり痩《や》せ型の体つきとまっすぐな黒髪は年よりも幼く見られて、出入りの商人たちにはちょっとなめられる時もあるのだが。

「結構です。それ、クマ用のハンモックでしょう？　編み目が粗くて私《わたし》だと足が落ちそうですよ」

冷ややかに指摘してやると、あわてて前足で胸のあたりをたたく。

『だったら、俺《おれ》の腹の上で寝てもいいから。なっ？　ふわふわだし、絶対、気持ちいいって』

「腹の上って…」

一瞬、ちょっと気持ちよさそうだな、と思ってしまった黒江だったが、ハッと我に返ってクマのとぼけた顔をにらみつける。

「そうではなく、サボってないで働きなさいと言ってるんです！　あなた、ふだんタダ飯を食らってるだけなんですから、荷物運びくらい役に立ったらどうですか？」

『タダ飯じゃねーだろー。俺はれっきとした守護獣だぜ？　ご主人様を守り、補佐するために日夜、鍛錬は怠ってない。そのへんの馬車馬と一緒にされちゃ困るな』

「なるほど？」

一人前に（図体も、食べる量もしっかり一人前以上のクマ並だが）主張するクマを、黒江は冷たい目で見つめ返した。

「ではお聞きしますが、あなたは守護獣として具体的にどんな働きをしてらっしゃるんでしょう？　高視《たかみ》様は本日、王宮へ参内されていますが、お供についているようでもありませんし？」

あからさまに嫌みな口調で聞いてやると、ゲイルが拗《す》ねたフリで少しばかり口を膨らませた。

『だって、高視が別に一緒に来なくていいって言ってたし。王宮だったら、警護が必要なほど危険な場所でもねーし』

「そういう問題ではないでしょう！」

思わず黒江は声を張り上げた。

そういう問題ではないのだ。

ゲイルの主、そして黒江にとっても主となる高視は、月都の王族――すなわち、月《つき》ノ宮司家《みやつかさけ》の一族である。一位様である千弦とは同い年の従兄弟《いとこ》であり、現王の甥《おい》にあたる。

御年二十八歳。父宮が早世したあと、十年くらい前に若くして月ノ宮東雲家《しののめ》――分家の一つである――を引き継いでいた。

そのため、当主である高視は「東雲公」と呼ばれている。

しかし本来、守護獣がつくのは「直系の」王族である。とはいえ、稀《まれ》に例外はある。その例外として守護獣に「主」として認められたということは、その人間には何らかの分野で傑出した能力がある、という証明でもある。

つまり王族とはいえ、直系でない高視が守護獣を持っているというのはめずらしいケースであり、誇るべきことなのだ。

しかもクマといえば、かなりの力を持つ大型獣である。黒江の知識にある限り、今の王族でクマを守護獣に持っている皇子はいなかった。

それは側《そば》に仕える黒江にとっても、誇らしいことである。

それだけに、高視が王宮へ出向くのであればなおさら、ゲイルは同行すべきだった。

守護獣がついているということを宮廷の人間にきちんと示してみせるだけでも、高視の宮中での存在感、発言力は上がる。

実のところ、守護獣とはいえ、ゲイルはあまりこの館から外へ出ることがなく、高視が本当にクマを守護獣に持っているのか、懐疑的な人間もいるようなのだ。

とはいえ、当の高視自身がそのあたりにあまり頓着《とんちゃく》していないので、側近の黒江としてはいくぶん歯がゆい思いがあった。

守護獣を持つ直系の皇子たちは、ある程度の年齢であれば、国のためにそれぞれの能力に合わせた働きをしている。武勇に名高い皇子もいれば、たくさんの橋や建物を築き、人々から感謝と敬愛を受けている皇子もいるし、自ら国中を回って医療に尽力し、才女の誉れ高い皇女もいる。もちろん、一位様を始め、政務に携わっている者も。

黒江としては、主の高視にもそんな華々しい働きをしてほしかったし、できる能力はあるはずなのだ。

高視についている守護獣が、それを証明している。

ゲイルというクマだけでなく、高視は優美な白鷺を守護獣に持っていた。複数の守護獣を持つことは、直系の皇子でも稀《まれ》なことだ。

つまり、ゲイルは率先して高視に従い、その能力をきちんとまわりに示す必要があるはずだった。

――それが主の留守に、ぐうたらとハンモックで昼寝とはっ。

本当に守護獣なのか…？

と疑いたくなるが、まあ、こうして会話も通じているし、たまに人の姿になっているゲイルを見ることもある。人の言葉を話したり、人の姿になったりというのは、やはり普通のクマでないことは確かだ。

『おー、こわ』

黒江の剣幕に、クマが両手を胸に当て、ぷるぷると震えてみせた。……しかし、でっかい図体で、まったく可愛《かわい》くない。

「せめて荷物運びくらいして、少しは役に立ったらどうですかっ？」

『んー。パンケーキ焼いてくれたら、運んでもいいけどなー』

すっとぼけた様子で、クマがうそぶく。

「食べるだけでゴロゴロしてるから、そんなにぶくぶく膨れてるんです」

『ヒドイな。これは筋肉だぞ。クマとしてはまっとうな肉の付き方だ。……つーか、マジで腹が減ったな。なー、パンケーキ……』

指、というか、前足の爪を口にくわえ、ねだるような目でゲイルが見上げてくる。

「ダメです」

目を吊《つ》り上げて、黒江はぴしゃりと言い渡す。

『ケチっ。いいもんっ。茜音《あかね》に作ってもらおっと。蜂蜜《はちみつ》をたっぷりのせて食うとたまんないんだよな～っ』

「いいかげんにしないと、クマ鍋《なべ》にしますよっ」

とはいえ、初めてゲイルにパンケーキを作って食べさせたのは、黒江だった。まだ十歳にもならないくらいの頃、何かゲイルを喜ばせたいと思って。料理人に教えてもらいながらで、初めて作ったパンケーキは焼け焦げていて、そんなにおいしいものじゃなかったと思うが、ゲイルは顔をほころばせて食べてくれたのだ。その顔がうれしくて、何度も作っているうちにだんだんと上手くなっていき、……このクマも味をしめてしまったらしい。

――なにが、いいもん、だ！

噛《か》みつくようにわめいた黒江に、やれやれ、というようにゲイルがごつい肩をすくめてみせる。

『ハイハイ。小麦粉な。厨房の裏の小屋に入れとけばいいんだよな』

言いながら、ようやく重い腰を上げて、のっそりと動き出した。

「野菜もありますからね。ああ、あと、葡萄酒《ぶどうしゅ》の樽《たる》も」

続けて言いながら、黒江はそのあとからついていく。

『クマ使い荒いよ、黒江ちゃん…。つーか、別に見張ってなくても、ちゃんとやるって』

ゲイルがちろっと振り返り、いささか心外そうにうめいた。

「私もそちらに用があるだけですよ」

『あー、じゃあ、背中に乗ってってもいいぞ？』

「結構です」

つっけんどんに断ると、ゲイルがため息をつくようにして頭を掻いた。

『可愛くねぇなぁ…。昔は俺の背中で昼寝してたくせに』

ふん、とそれに黒江は鼻を鳴らす。

別に黒江だって、好きで口うるさく言っているわけではない。ゲイルがちゃんと自分の仕事をしていないから、いろいろと言いたくなるのだ。

もっとも小さい頃から東雲家で内々の仕事をしてきた黒江は、他の守護獣と親しく接したことなどなかったし、ほとんど見かけることもない。新年の儀式で、神々しいペガサスの姿を遠目にしたくらいだろうか。だから他の皇子たちの守護獣がどんなふうなのか、と言われると、正直よくわからないのだが。

そもそも守護獣というのはきわめて数が少ない。当然ながら。

その守護獣のほとんどは王や皇子たちについているわけで、宮中でならよく見かけるのかもしれないが、普通に生活をしていて出会うことは稀である。うっかり出会ったとしても、本来の動物姿であれば見分けがつかない、ということもあるだろう。

ただやはり、現在、民衆の中で人気の高い、人々のために尽くしている王族といえば、同時に優秀な守護獣の存在が知られている。常に側に付き従い、補佐しているのだ。あるいは、過去に勇名を誇った皇子たちとともに、その守護獣の名も歴史に残っている。

やはり主と守護獣というのは、たいてい一緒に行動し、主を守っているものなのだろう。

ゲイルみたいに、真っ昼間から暢気《のんき》に腹を出して寝ていていいはずはない。

……やはり、変わり者の守護獣なのか。もちろん、守護獣にもいろいろいるのだろうが。

ぼんやりとそんなことを考えていたせいだろう。

「わっ」

いきなり目の前で立ち止まったゲイルの丸い背中に、黒江は正面からぶつかってしまった。しっかりとした毛に覆《おお》われているので痛くはなかったが、弾力で跳ね返されて、そのまま体勢を崩してしまう。

『うおっ…と』

振り返ったゲイルが体格に似合わない素速さで腕を伸ばし、地面に転がるようにして黒江の身体《からだ》を支えてくれた。

がっしりとした腕——前足が、鋭い爪を立てないように用心しながらも、しっかりと黒江の背中を抱きとめている。

あっ…、と一瞬、身をすくめた黒江だったが、すっぽりと抱きかかえられる感触にドキリとして、反射的に身体を離した。

「きゅ、急に立ち止まらないでください…っ」

そしてあせって声を上げる。

それでも首筋に当たったやわらかい毛の感触や、肌に沁《し》みこんでくる体温に、胸の奥がざわざわした。どこか懐《なつ》かしい匂《にお》いが、ふわりと身体に入りこんでくる。

『悪い悪い。……ああ、カササギの子か。巣から落ちたな』

むっくりと起き上がったゲイルが、ひょいと側の木の根元に首を伸ばしてつぶやくように言う。

どうやらそれに気づいて立ち止まったらしい。

え？　と思いながら、黒江も大きなゲイルの背中から顔をのぞかせてみると、まだ羽も生えそろっていない雛鳥《ひなどり》が地面で心細そうに鳴いていた。

あ、と頭上を振り仰ぐと、どうやら大きく張った木の枝に鳥の巣がかけられているらしく、小さなさえずりも何羽分か、聞こえてくる。

『ちょっと持っててくれ』

地面に落ちていた雛を両手ですくい上げるようにして拾うと、ほい、とゲイルが無造作に黒江に渡してきた。

「な、何をするんですか？」

あわてて黒江も両手でこわごわと受け止め、ハッと顔を上げると、ゲイルが四肢を使って器用に木に登り始めていた。

さすがにクマだけあって、うまいものだ。体重をものともせずに、すぐに最初の枝分かれしているところまで行き着き、足をかけてすわりこむ。そしてちらっとさらに上の巣を確認すると、ほら、と片手を伸ばしてくる。

黒江は背伸びをして、ようやくその大きな手のひらに雛をのせた。

ゲイルが木の上に立ち上がり、身体と手を精いっぱい伸ばす。さすがに大きな手で小さな雛の扱いは難しいようで、四苦八苦しながらもなんとか巣の中へ雛を返してやっていた。

枝葉に紛れて地上からではよく見えなかったが、ピーピーとひときわ高い声が降ってくる方向を、黒江は身を乗り出すようにして見つめてしまう。

しばらく眺めて大丈夫そうなのを確認してから、ゲイルがするすると木から下りてきた。

『もう落ちなきゃいいけどな』

「気をつけておくように庭師に伝えておきます。でも……食べないんですか？　お腹《なか》、空《す》いてるんでしょう？」

少しばかり意地悪く尋ねた黒江に、ゲイルが顔をしかめて言った。

『鳥、食ったってうまかねーだろ。雛なんか、骨と皮ばっかだし。ふだんうまいもん、食わしてもらってるからなー。パンケーキとかなっ』

にまにまと顔を崩して言いながら、ゲイルが再び歩き出した。

黒江はこっそりとため息をついた。それでもなんとなく、頬が緩んでしまう。

窮鳥《きゅうちょう》懐《ふところ》に入れば猟師も殺さず、というのか。昔からそんなところはあるのだろう。ぐうたらで怠け者のクマだが、こんな何気ない優しさがあるから、妙に甘くなってしまうのだ。

まあ確かに、雛鳥よりもパンケーキの方が好物なのは間違いないが。

「もうすぐ巣立ちなんですね。……そういえば守護獣って、どうやって個体数を増やすんですか？」

ふと、黒江はそんな疑問を口にした。

『なんだ？　クマの生殖活動について聞きたいのか？』

にやり、といかにも意味ありげに口元を持ち上げ、ゲイルが横目にしてくる。

いかにも下ネタ好きなエロ親父《おやじ》だ。

『懇切丁寧に、なんなら実地で教えてやるのもやぶさかじゃねーぞ？』

「せめて繁殖活動と言ってください。というか、別にクマのを聞きたいわけじゃありません。守護獣というのは、守護獣の親から生まれるものなんですか？」

ことさら冷ややかな無表情で黒江は続けた。

何が実地で、だ。

ちょっと頬が熱くなるのを感じながらも、人間相手でも、いかにも慣れている感じが腹立たしい。

黒江の前ではたいていクマ姿のことが多いゲイルだったが、まあ、ふらっと街へ出る時や、細かい仕事をする時などは人間の姿になることもある。もしくは、調子のいい言葉でパンケーキをねだるような時には。

……そう、そして、人間の女を口説くような時には、だろう。

さすがにクマなりに理性は働くのか、館で働く女に手は出していないようだが、やはり時折、街へ出ては女を引っかけている、もしくは、その手の店へ通っているらしい。いつだったか庭師の若者が夜の街でゲイルを見かけたらしく、使用人たちの間でひとしきり話題になっていた。

いわく、

「派手な美人に言い寄られて、お持ち帰りされちゃってましたよ～。なんか、このお屋敷で見る時とぜんぜん違って、フェロモンだだ漏れっていうんですかね。やー、すごい野性的な男っぽい色気で。女がみんな、吸いよせられるみたいに声かけに近づいてくんですよ。もう、食い放題みたいな？　飲み屋でまわりの男たち、みんな遠巻きにふて腐れてましたもん」

……らしい。

はっきり言って、詐欺だ。相手はゲイルの本体がクマなどとは思ってもいないのだろうから。

朝帰りすることもあって、黒江も何度かガミガミと小言を言ったことがある。……ひどく感情的になってしまって、あとで自己嫌悪に陥《おちい》ったりするのだが。

それはもちろん、いい年の男――オスなのだから、発情期、というのか、それなりの必要はあるのだろうと、黒江だって理解はしている。

人の姿をとっている時のゲイルは、見た目、三十代なかばといったところだろうか。クマだともっさりとしているわけだが、人の姿の時は何気にワイルドな男前だ。

そんな女たらしな部分は館の中では……少なくとも黒江の前では隠しているようだが、それでも館で働いている娘たちには、気さくさと調子のよさが人気のようで、やっぱりちょっとムカッとする。

手伝いだって、黒江だとしつこく言わないと腰を上げないくせに、若い娘に頼まれるとほいほいやっているようだし。

『別に守護獣の親から守護獣の子が生まれるとは限らねぇよ。突然変異みたいなもんかな？　ある日突然、自分が他の兄弟とか…、仲間たちとは違うってことに気づくんだよな』

歩きながらさらりと何でもないように言われ、しかしその静かな口調に、黒江はふいに胸がつまるような気がした。

つまり動物的な意味では、異端の存在なのだ。仲間外れにされたり、群れを追われたりすることもあるのだろうか。

仲間たちから離れ、主に出会うまで、ずっと一人で生きてきたのだろうか……？

ふっとそんなことを思う。

『ま、だから気づかないふりで、そのまま普通の動物として死んでいくヤツも多いんだろうな。いい主を見つけられりゃ長生きはできるんだろうけど、……まあ、それも賭《かけ》だしな』

ゲイルが爪の先で頭を掻きながら、肩をすくめるようにして続けた。

守護獣は、主から与えられる命令をこなすことに喜びと充足感を覚える。主に与えられる愛情で自分の能力を伸ばし、生命力を高めることができる。つまり寿命を延ばすこともできるのだ。

主を選ぶのは守護獣だが、いったん契約を結んでしまうと、守護獣の方から切ることはできない。主から解除されるか、あるいは主が死ぬまでは、次の主を探すこともできない。

そして、主の命令に逆らうこともできなくなる。それがどんなに理不尽な、不本意な命令だったとしても。

だから、最初の判断が重要なのだ。

うっかり眼鏡《めがね》違いをし、外面だけのひどい主に当たってしまうと、やりたくない命令に従わねばならず、神経をすり減らして、逆に寿命を縮めるようなことにもなる。

はっきり言って、ゲイルは守護獣としてはろくな働きをしていないような気がするが、日々の生活はのんびりと、幸せそうではある。

主の高視にしても、ゲイルに多くは望んでいないようで、命令して何かをさせているようなところはあまり見たことがなかったが、可愛がってはいるようだ。

いやまあ、こんな図体のでかい男――クマを可愛がる、という言い方も微妙なのだが、少なくとも気は合っているらしい。

よく一緒に遅くまで酒を飲んだり、バカ話でもしているのか、一緒に笑い合っているところを見かけることはある。

黒江としてはもう少し守護獣らしく、キリッと、しゃっきりとしてほしい気もするが、しかし話に聞くような主と守護獣との強い結びつきがあったとしたら、自分がゲイルとこんなふうに暢気に歩いている時間などないんだろうな…、という気もした。きっと、こんなに気安い会話をしていることもないはずだ。

そもそも守護獣を、荷物運びみたいなつまらない力仕事に駆り出すこともできないのだろうし。

そのことに少しばかり安心してしまう自分に気づいて、黒江はあわてて首を振った。

これが本来の姿でいいはずはない。もっとしっかりと主の役に立って、高視の地位や名声を上げてもらわなければ。

結局のところ、ゲイルは高視の守護獣なのだ。高視のために生きている。

初めて会った時からそのことは決まっていたし、黒江にしても、高視に仕える身だ。ある意味で、ゲイルと同じ立場でもある。

この先もずっと。

そのことが少しうれしく、……そして、少しだけ苦しい。

黒江は半歩先を行く、クマの大きな背中をふっと見つめた。

初めて見た時は、ただ恐ろしかった。……いや、そんな判断力さえも、あの時はなかっただろうか。

覚えているのはただ――少しだけ高い体温。そして、安心感。

――ほら、もう大丈夫だ。泣くなよ。俺がいるから。

少し困ったような、ホッとしたような、優しい声。

それがまだ、耳の奥に残っている。

思い出すたび、ホッと、身体の奥から何かが解けていくような、よけい泣きたくなるような思いが溢《あふ》れ出してしまう。

あの時はただ、何もわからず、目の前に伸ばされた手に夢中でしがみついただけなのだろう。

それが人間の手だろうと、クマの手だろうと。

『どうした？』

ん？　と首をかしげるようにしてゲイルがわずかに振り返り、黒江はそっと息を吸いこんだ。

「いえ、それでしたらあなたはいいご主人様と出会えたわけですから、それなりの仕事をしてくださいよ。……ああ、あれです」

目の前に見えてきた、荷馬車から積み下ろされた食料品などの山を指さすと、うおっ、とゲイルが低くうめいた。

『また今日は大量じゃねーか…』

荷馬車が入れるギリギリのところで荷物が下ろされており、それを厨房近くにある食料庫まで運ばなければならないのだ。

出入りの業者から定期的に買い入れている袋詰めされた小麦粉やその他の穀物。葡萄酒の樽。ジャガイモの箱。その他にも、大量の野菜や果物。館で使う消耗品もある。

「野菜と果物の半分は厨房に運んでください。あとは食料庫にお願いします。あ、蠟燭《ろうそく》の箱は屋敷の中へ」

『ハイハイ……』

黒江の指示に、あー、とうめきながら、クマがのっそりと歩き出す。

「はい、は一回！」

うしろからぴしゃりと注意すると、ゲイルが片手――前足を上げてひらひらさせながら『はぁい』と答える。

その背中でゆっくりと灰色の毛が薄くなっていき、引き締まるように人間の体つきに変わっていく

のがわかる。

クマ姿の方が力はありそうだが、やはりものを担いだり抱えたりするには人間の手の方が便利だからだろう。

それはいい。それはいいのだが――。

「服を着てくださいっ！」

恥ずかしげもなく全裸になった――というか、もともと裸族な男の姿に、カッ、と耳まで一気に赤くなって、黒江は叫んだ。

「そこの収納庫に作業着、おいてあるんだよ」

あ？　と前も丸出しで振り返り、ゲイルが先の小屋を指さす。

「だから…っ！　早く服を着てくださいと言ってるんですっ」

まともに見られずに、黒江は反射的にぎゅっと目をつぶり、くるりと男に背を向ける。

「男同士だろー。他に誰もいねぇし」

ぶつぶつとそんな声が遠くから聞こえ、やがて服を着て帰ってきたらしい。

「なに、意識してんだよ？　じっくりと見られるチャンスなのにぃ」

にやにやと笑うような声が聞こえ、後ろからツンツンと指先で頬をつっつかれる。

「意識なんかしてませんよ」

まだ心臓はドキドキ言っていたが、強いて無愛想に、黒江はその手を払い落とす。

こっそりと横目で確認して、きちんと服を着ているのに、ホッと息をついた。

「収納庫に入ってから姿を変えればいいでしょう。品性を疑われますよ」

「だって、もともと動物だもーん。女の子には、脱いで見せてーっ、て、キャーキャー言われるんだぞ？　俺の身体は鑑賞に耐える肉体美だ」

偉そうに自慢する男になんとなくムカッとして、黒江はふん、と鼻を鳴らした。

「もう白髪まじりのいいオヤジじゃないですか。昼間から怠惰に昼寝してるようでは、肉もたるんでるんじゃないんですか？」

「これは白髪じゃなくて白毛っ！　チャームポイントだろっ」

冷ややかに指摘した黒江に、ムキになったようにゲイルがわめく。

「いいですから、さっさと片付けてください」

「はいは……あー、了解です」

思い出したように言い直したゲイルに、ではお願いします、と言いおくと、黒江は館の裏口の方へと向かった。

石段を三つほど上がったところで振り返り、小麦粉の大きな布袋に手をかけようとしていた男に、何気ないように声をかけた。

「終わったら、パンケーキ、作ってあげますから」

甘いな…、と我ながら思いつつも、そんな言葉を投げる。

大きな背中がバッと振り返った。

「やたっ。黒江のがうまいもんな〜っ」

おっさんのくせに子供みたいな無邪気な顔で片腕を突き上げると、ほくほくと力強く、荷物を運び始めた。

◇　◇

十五年前――。

黒江が五歳の時、母が亡くなった。

その時は、月都の都から遠く離れた片田舎の小さな村で暮らしていたのだが、黒江たちは数年前に村へ流れ着いた「よそ者」だったらしい。

そういえば、おぼろげながらにも、母親に手を引かれてずっと長い道を歩いていた記憶があった。

……もっと言えば、逃げていたような。追われていたような。

そんな切迫した思いが、胸の中に残っていた。

罪人なのかな…、と思ったことはある。

そんな小さな村でも、森の近くに隠れ住むように暮らしていたのだ。黒江の前では明るい母だったが、それでもいつも、訪ねてくる人々を警戒していた。

もともとどこの出身なのか。物心ついた時から母親と二人暮らしで、父親の顔や名前さえ、黒江は知らなかった。

そのため、突然倒れた母があっという間に亡くなった時もまともに葬儀などできず、いや、助けてくれる大人は誰もおらず、ひとりぼっちで残されて、これからどうすればいいのかさえ、わからなかった。

おそらく丸一日ほどは、母親の亡骸《なきがら》の側で、ただ呆然《ぼうぜん》と過ごしたのだろう。

さすがに喉《のど》の渇きを覚え、しかしいつの間にか家の水瓶には水がなくなっていて、ふらふらと森へさまよい出た。

そろそろ季節は冬に入ろうかというくらいだった。

ちょうど太陽が山の端に隠れようとする頃《ころ》で、あたりは肌寒く、普通の感覚ならば危険な時間だとわかっただろう。しかしこの時は、そんな判断もできなかった。

たどり着いた川辺で水を飲み、渇きを癒《い》やして、ようやく気づいた。

背後に、何かの気配があった。野生の、荒い息遣い。

あたりはすでに暗く、月明かりだけが白々と水面を照らしていた。

ゴクリ、と唾《つば》を飲み、おそるおそる黒江は振り返った。

目の前に立っていたのは、巨大な黒い影。

目が鋭く光り、威嚇《いかく》するように前足を上げて、低いうなり声を上げている。

クマだ――と、認識して、しかしそれ以上、動くことも、悲鳴を上げることすらできなかった。

恐かった。それは確かだ。

だが一方で、いいか…、とも思っていた。

母も死んだのだ。これからどうやって生きていけばいいのかもわからない。

ここでクマに襲われて死んでも……かまわなかった。ただ、母をちゃんと埋めてあげたかったな、とぼんやりと思った。

のっそりとクマが近づいてくるのがわかる。

目の前で大きく振り上げられる爪。

しかし次の瞬間、ドスドスッ…と低い地鳴りがしたかと思うと、いきなり目の前のクマが横へ吹っ飛ばされたのだ。

何が起こったのかわからなかった。

薄暗い中、大きく目を見張ってなんとか確かめる。

すると、吹っ飛ばされた先で、黒い塊《かたまり》が二つ、もつれ合うようにして争っていた。

――クマだ。もう一頭のクマ。

ガウゥッ、と獰猛《どうもう》な、低いうなり声があたりに響く。ドスッ、と殴り合うような音。鋭い爪が互いに毛皮を引っかき合う。

エサの奪い合いかな…？　とぼんやりと黒江は思った。

痩せっぽっちだった黒江は、そんなにおいしそうなエサじゃないのにな、と、どこかおかしく思いながら、ただぼんやりとクマ同士のケンカを眺めていた。

冬眠前で、手当たり次第、腹にためておかなければいけないのかもしれない。

その間に逃げられたはずだが、逃げようという考えは浮かばなかった。放心状態で、あるいは腰が抜けていたのかもしれない。

やがて一頭が——最初に襲ってきた方だろうか——すごすごと頭《こうべ》を垂れながら、森の奥へ逃げていくのがわかる。

雌雄が決したらしい。

しばらくそれを見送ってから、残った一頭が振り返り、のっそりと近づいてきた。

食われてもいいや、と思った。

しかしさっき逃げ出したクマと争った時のケガだろう、目の前に立ったクマの身体のあちこちから血が流れ出し、黒っぽい毛皮をさらに黒く濡《ぬ》らしているのを見て、急に恐くなったらしい。現実を突きつけられた、というのか。

どうやら黒江は、そのまま気を失ってしまったようだ。

気がついた時、やはりあたりは暗くて……しかし、なぜか身体は温かかった。

わずかに身じろぎして、自分の身体がしっかりとした毛皮に包まれているのがわかる。

あれ…？　と思って、そっとあたりを見まわすと、屋根が見えた。見覚えのある……自分の家の梁《はり》組だ。

いつの間にか、黒江は家に帰っていたようだった。そんな記憶もないのに。

そして、すぐ耳元の小さな寝息に気づく。

……クマだった。

黒江は、床に腰をつき、壁にもたれていたクマの腕の中にいたのだ。

一瞬に身体が硬直し、悲鳴が喉の奥で固まる。

心臓が止まりそうになり、目を見開いたままクマを見つめたが、……しかしクマに目覚める様子はなかった。

ホッとする、というとおかしいが、ようやく今の状況を少しは落ち着いて考えられるようになった。

自分が家にいる、ということは、このクマが連れて帰ってくれた、と考えるしかない。

人家の方が、何かおいしいエサがあるとでも考えたのだろうか？　そしてそのまま、寝てしまったということなのだろうか？

しかし今のこの家に、食べ物などほとんどない。黒江自身、母が亡くなってから、ろくに食べてもいなかった。

あ…、と思い出して、黒江はそっとクマの腕の中から抜け出した。

温かな感触がふわりと身体を包む。いや、家の中とはいえ暖をとるものなどなく、肌寒い空気を感じて、今までが温かかったのだと、ふっと気づく。

それでも這《は》うように、一つきりしかないベッドに近づいた。

そっと、眠ったままの母の顔をのぞきこむ。

特に変わりはなく、傷つけられてもいないようでホッとした。

だが、いつまでもこのままおいておくことはできない。

……もう、母は目覚めないのだから。

と、その時、後ろで気配がした。

目覚めたらしく、のっそりとクマが近づいてきたのがわかる。

それでも、あまり恐怖は感じなかった。

「食べて……」

ぼんやりと母を見つめたまま、つぶやくように黒江は言った。

え？　と聞き返された気がしたが、ほとんど気にする余裕もなかった。

「僕を食べて…っ」

母と一緒に食べられるんなら、それでいい。

そう思った黒江の耳に、今度ははっきりと、困惑したような声が聞こえてきた。

『あー…、それはちょっと』

――しゃべった……？

驚いて黒江が顔を上げると、クマが考えこむように頭を掻いていた。

『すまなかったな。もうちょっと早く来られたらよかったんだが』

そして顔を上げて、じっと黒江を見下ろし、あらためてそう言った。

「しゃべれる……の？」

『ああ』

あり得ない、と思う。五歳の子供でも、それが普通じゃないことはわかる。

しかし、ピクピクと動く耳。そしてクマのくせにどこか心配そうに黒江を見つめてくるその表情が妙におかしくて、黒江は思わず笑い出していた。

だがそんな大きな声を出したことが、胸の中で堰《せ》き止めていた何かを突き破ってしまったのだろう。

自分でもわからないまま、途中から泣き出していた。

体中から振り絞るように、全身で声を上げて、黒江は母が死んでから初めて、声を上げて泣いた。

そのまま崩れ落ちそうになった身体を、クマが抱きかかえるようにして、一緒に床へうずくまる。

何も言わず、クマはそのままただ泣かせてくれた。

その胸にすがりつくようにして、黒江は体中が空っぽになるまで泣き続けた。

『ほら、もう大丈夫だ。泣くなよ。俺がいるから』

やがて、クマの腕が優しくポンポンと背中をたたく。

その温《ぬく》もりと、安心感。

どれだけ泣いていたのか、いつの間にか声も出なくなり、泣き疲れて、黒江はただぼんやりとクマの身体にもたれていた。

そしてようやく、ポツリと尋ねる。身体を預けたまま、顔だけ上げて。

「どうして……？　どうして……しゃべれるの……？」

『あー、そうだな。いいか？　見てろ』

そう言うと、クマはそっと黒江の身体を離し、数歩だけ距離をおいた。

そして、じっと黒江が見つめる中で、ゆっくりとクマの姿が変わっていく。

人間の、男の姿に。

ボサボサとした少し長めの髪。がっしりと筋肉の張った身体。

クマの身体が少し縮んだようにも感じたが、しかし五つの黒江から見れば、やはりかなり大柄な、大人の男だ。

黒江は目を丸くしたまま、ぽっかりと口を開けてしまう。

「人前で姿を変えると、裸なんでな。ちっとばかし、マヌケに見えるんだけどな…」

そんな言い訳をしながら、全裸の男が黒江を見つめてくる。

そして静かに言った。

「俺は守護獣だ。わかるか？」

――守護獣。

聞いたことはあった。

この国の……いや、この北方一帯の子供ならば、昔話みたいにしてまわりの大人たちから何度も、いくつものパターンで話を聞かされるはずだ。

かつての王たちの英雄譚《えいゆうたん》。

その王と行動をともにした守護獣のお話。

国を守るために勇敢に戦い、あるいは国の発展のために力を尽くした、偉大なる王や皇子と、その守護獣たち。

もちろん今でも、王都にいる王や皇子たちには守護獣がついているのだ、と教えられていた。

だが見たのは初めてだったし、黒江にしてみれば、物語の中にしか存在しないもののように思っていたのだ。

「……あー、クマでいいか？　さすがにこれだと話しにくいだろ。毛がねぇと寒いし。俺が着られるような服もなさそうだしな」

いくぶん決まり悪いように聞かれて、黒江はあわててコクコクとうなずく。

「守護獣……様？」

「様はいらねーよ」

小さく口にした黒江に、男が低く笑いながら返してきた。

『俺の名前はゲイルという。おまえは？』

「黒江……です」

もとのクマ姿にもどったゲイルに聞かれ、おずおずと名乗る。

なんだか急に恐くなった、というより、どこか恐れ多い気がして、近寄りがたいような感じだった。

『黒江、お母さんは病気だったのか？』

聞かれてうなずく。

『お母さんの名前は？』

「椿《つばき》……」

重ねて聞かれて、小さく答える。

それにゲイルが小さく息をつき、一つうなずいた。わずかに目をすがめるようにして、そっとベッドの母を見つめる。

『明日…、ああ、もう今日だな。夜が明けたら墓を作ろうか。どこか景色のいいところにな』

静かに言われて、一瞬、ビクッと黒江は身をすくめたが、それでもそっとうなずいた。

気持ちが落ち着き、母を送る決心がつく。

それからまた少しだけ、黒江は眠った。ベッドは使えなかったから、ゲイルの身体をベッド代わりにして。

ほどよく硬さがあり、ふわふわと温かくて、心地よい。イビキがちょっとだけうるさかったけど、すぐに気にならなくなっていた。

体温とそのイビキが、自分が一人じゃないと教えてくれる。

本当にひさしぶりに、ぐっすりと眠れた気がした。

夜が明けてから、ゲイルがシーツに包んだ母の遺体を抱えてくれて、森を抜けたところの、湖の見える丘の上にお墓を作った。黒江も少しは手伝ったが、ほとんどゲイルが爪で掘ってくれた。

穴掘りもうまく、あっという間で、黒江は目を丸くしてしまう。

そしてシーツに包んだままの母を埋め、土を被せてから、ゲイルがドングリの実を一つ、その横に埋めた。

『いつか、いい目印になるかもな』

そんなふうに言われて、うん、と黒江は小さくうなずく。

しかし一区切りつくと、これからどうしたらいいのかわからない。疎《うと》まれているこの村で、自分一人で生きていけるとは思えない。

そういえばゲイルは……どうしてゆうべ、あの場所にいたんだろう…？　と、今さらながらに不思議に思う。

たまたま通りかかった、ということだろうか？　それで、見かけて助けてくれた……？

というか、守護獣であれば、主が近くにいるんじゃないだろうか？

いろんな疑問が一気に頭の中を駆け巡る。

そして、通りすがりの守護獣だったら、このまま行ってしまうんだろうか、と。

これから一人で生きていかないといけないのだ、という覚悟はついた。それでもやっぱり、心細さはある。

この世の中で、誰一人、頼る人間はいなくなったのだ。

だったらせめて、動物を頼ってもいいだろうか？　――と。

それに、せっかく「守護獣」なんていう、本当なら一生のうちに出会うことのない動物に出会ったのだ。このまま、別れてしまうのも残念だった。

自分の知らない世界を知っている、まさしく物語の中に出てくる英雄なのだ。

「あの…、あなたはこれからどこへ行くんですか？」

意を決して顔を上げ、黒江は尋ねた。

『主んとこへもどるよ』

あっさりと言われ、それはそうか…、と黒江も納得する。

しかし考えてみれば、ゲイルは昨日からずっと、黒江につきあってくれていたのだ。その間、主の側にいなくてもいいんだろうか？

『あー、別にべったり側にいるわけじゃないからな。ま、守護獣にもよるんだろうけど。ちゃんと主の許可をもらって、ちょっと散歩がてら遠出してたのさ』

尋ねてみると、そんなふうに答えられて、……そんなものなのか、と黒江としては、へぇ、と思うしかない。

「でも主って、都にいるんじゃないんですか？」

普通、王族ならば。

『今、近くの街まで静養に来てんだよ』

近く、とゲイルは言ったが、名前を挙げた街はここからはかなり遠い。普通に街道を歩けば、一週間ほどもかかるだろうか。

そんなに遠い「散歩」というのも驚くが、あるいはクマの感覚だと普通なのかもしれない。街道ではなく、森を抜けてきているようだし。

『それでおまえ、これからどうするんだ？　母親と二人暮らしだったようだが、誰か他に身寄りはないのか？』

首をひねるようにして聞かれ、黒江は小さく首を振った。

「なんにも……聞いたこと、ない……です」

『父親は？』

「僕が生まれる前に死んだみたいだから…」

小さな声で答えてから、キュッと唇を嚙み、黒江は両手でクマの胸のあたりの毛を握りしめて、思い切って頼んだ。

「あのっ、一緒に都まで連れて行ってもらえませんかっ？」

『いいのか？』

爪の先で顎《あご》を掻きながら、ゲイルが聞き返してくる。

「もう…、僕一人だし。少し大きな街へ出て、働くところを探さないと」

『しっかりしてんな』

丸い目をパチパチさせてから、ふわっとゲイルが微笑《ほほえ》んだ。ぽんぽん、と軽く頭をたたいてくれる。

爪を立てないように用心しつつ。

『じゃ、一度家に帰って、荷物をまとめないとな』

その言葉にうながされ、黒江は家で手早く荷造りをした。

といっても、持ち出すものはさほどない。持ち物自体が少ないのだ。

母の形見のようなものをいくつかと、ほんのわずかな金と。

そんな支度をしていると、ふいに家の前にバサッと白い翼を広げて、すらりと美しい鳥が舞い降りてきた。白鷺だ。

ん？ と戸口にいたゲイルが振り返り、その白鷺に近づいていく。

まさか、食べるのかっ？ と、あせってドアに飛びついた黒江だったが、そろって顔をこちらに向けて、ゲイルが大きな手をパタパタと振った。

『いいから、早く支度しろ。こいつも守護獣だよ。俺の様子を見に来ただけだから』

つまり、二匹――一羽と一頭を守護獣に持っているということだろうか。

すごいな…、と、黒江はまだ見知らぬゲイルの主に感心する。

まもなく白鷺は飛び立ち、黒江たちも出発した。

『森ん中、通るからなー』

と、ゲイルが背中に乗せてくれて、のしのしと移動していく。

確かに、クマ姿で村の中や街道は歩けないだろう。

いつもとはぜんぜん違う高い位置からの森の眺めはめずらしく、黒江には新鮮だった。

途中で木の実をとったり、川で魚を獲《と》ったりして腹を満たし、夜は野宿だった。しかし、丸くなったゲイルの足の間に入れてもらったので、寒くはない。

黒江にとっては、母以外の人間――とは言えないが――と、初めて一緒に過ごした時間だった。

よそ者扱いされていた村では、他の子供たちと遊ぶことはなかったし、母の方もあまり他人と交流を持つことはなかったから。

その分、家で黒江はいろんなことを母から教わっていた。火のおこし方とか、食料になる小動物を捕まえる罠《わな》の作り方とか、食べられる草や、薬草とか。あるいは、星を見て位置を量るやり方とか。文字なども、少しくらいは習っていた。

主が来ているという街までは、森や山を越えて、結局八日がかりだった。ゲイルは金も着るものも持っていなかったので、人間に姿を変えて街道を行くこともできなかったのだ。

途中で、森に入ってきた猟師とすれ違ったこともあったが、ゲイルは素速く隠れていた。

守護獣だったら、別に隠れる必要はないんじゃないかと思うのだが、ゲイルとしてはいちいち自分は守護獣だ、と言って回ることはしたくないようだった。

『まあ、たいてい向こうが見かけたら逃げてくれるけどな』

とは言っていたが、中には罠を仕掛けてクマを捕獲しようという猟師もいるわけで、やはり危険な気はする。

黒江としては、クマの背中に乗っての小旅行はちょっと楽しかったのだが。

ついた先は、初めて見るような大きな街で、ゲイルがずかずかと入っていったのも、やはり初めて目にする壮麗な館だった。貴族の持ち物だろうか。

さすがにボロボロの身なりで、館へ入るのは気後れした黒江だったが、ゲイルはかまわず黒江を背中に乗せたまま、庭を突っ切った。

警護の兵たちもいたようだが、ゲイルに関してはスルーしているようだ。オマケのようにくっついていた黒江は不思議そうな目を向けられたが、特に止められることはない。

すると、庭からテラスに誰かが腰を下ろしてお茶をしている姿が見えてきた。

『あ、いたいた』

と、気楽に言うと、ゲイルはのしのしとそちらへ近づいていく。

えっ？　と思う間もなく、黒江はその相手の前に連れて来られていたわけだ。

そこにいたのは、当時、十三歳の少年だった。

とはいえ、黒江にしてみればずっと年上の、しかも明らかに身分もある男だ。

そして素晴《すば》らしく整った顔立ちをしていた。豪奢《ごうしゃ》な金色の髪に、透き通った緑の瞳《ひとみ》。

思わず、ぼうっと黒江が見とれてしまうくらい。

男は庭先から上がってきたゲイルたちを認め、おやおや…、と小さくつぶやいた。

「守護獣の背中に乗るとはね」

小さく笑うように言われて、ようやくハッと、黒江は気づいた。

そうだ。ゲイルは守護獣なのだ。

……おそらくは、この人の。

こんなに気安く、背中に乗っていいような相手ではなかった。

自分の守護獣が、他人に……しかも黒江のような身分もない子供に、こんなふうに扱われているのを見ると、当然気分もよくないだろう。

あせって、転がるように背中から下りる。

「す…すみません…っ」

必死にあやまった黒江に、しかし相手はクスクスと笑っただけだった。

「別にかまわないよ。ゲイルがいいんだろうからね」

それが、高視だった。

そして黒江の状況をゲイルから聞くと、あっさりと、「じゃあ、うちで働けばいいよ」と言ってくれたのだ。……五歳の子供にできることなど、たかが知れていたはずなのに。

まもなく高視やゲイルは月都の王都へ帰り、黒江も同行させてもらえた。そして高視の暮らしている瑠璃の館へ連れて来られて、そのあまりの広さ、都の大きさ、人の多さに、初めはただ驚いていたものだが、高視の身のまわりのちょっとした用事を手伝うところから始め、年とともに少しずつ、できる仕事を増やしていった。

それから十五年。

まだ二十歳になったばかりとはいえ、黒江は館の中のことを知り尽くした、結構な古参の側近になっていた。

出入りの商人たちとの駆け引きを覚え、使用人たちの扱い方を覚え、初老の家令の下で雑用をこなして、東雲家の財産や領地の管理なども手伝った。

ゲイルは自分を高視に引き合わせてくれた恩人になるわけだが、しかし守護獣のくせに、たいがい怠け者であることとか、高視がかなりマイペースな人間だとか、そんなこともわかってくる。

当初黒江は、高視がゲイルを引き連れて、何か華々しい活躍をするのをわくわくと期待していたものだが、まったくそんな気配もなくて。

クマだと、基本的には戦闘系の守護獣だと思うのだが、そもそも高視は、さほど武道を鍛錬しているようではない。

ゲイルにしても、それをいいことに館でのんびりとパンケーキを食べているだけで。

いったい、どういう目安でゲイルは高視を主に選んだんだろう？　と考えこんでしまうくらいだ。

まあ、食うには困っていないわけで、もしかするとエサにつられたのか？　という気さえしてくる。

高視は、どちらかと言えば、芸術方面に才能があるように思えた。書や絵、舞い、歌や楽器などはどれも素晴らしく、人々に感銘を与えていた。他国からの客人があった時や、大きな儀式の時などには、必ず呼ばれている。そういう意味では、白鷺は似合った守護獣と言えるのだが。

あるいは、あまり役目を果たしているような気はしないが、警護代わりなのかもしれない。

たまに高視のお供で、ゲイルと、そして黒江も一緒に街へ出ることがあるが、ゲイルが何度か暴漢をたたき伏せたことはある。そういう時は、基本、人の姿だ。さすがにクマは目立ちすぎる。

あるいは、東雲家の領地の者からの陳情で、ゲイルが高視に命じられて盗賊討伐に出向いたり、畑を荒らす猪《いのしし》を退治に行ったりすることもある。

なので、やる気さえあれば、もっと大きな役目も担えるはずだった。

……ただ、主にしても守護獣にしても、少しばかり暢気なだけで。

黒江にしてみれば、別に野心家である必要はないが、もう少し高みを目指してみてもいいのでは、と思ってしまうのだ。

そんな主と守護獣とを理解した上で、自分が何をするべきかを考え、おかげで黒江はかなり口うるさくなってしまった気がする。が、高視にしても、ゲイルにしても、どうやらそのくらいでちょうどいいらしい。

東雲家の全般を取り仕切る家令は別にいるのだが、黒江は高視の側付きとして、身のまわりに気を配ったり、館の実務的なことを指示するくらいの立場になっていた。

それだけ信頼して任せてもらっている、ということだ。

もともとは素性も知れない人間に、ありがたいことだと思う。

黒江にしてみれば、高視もゲイルも、大切な人間……と、守護獣だった。

二人とも、もっと本気になれば、直系の皇子たちに遜色《そんしょく》ないくらい、大きな仕事ができるはずだった。それを宮廷の人たちにも、一般の月都の人々にも知ってほしいと思う。

……とはいえ、腹を出して昼寝しているクマを思い出すと、やはり華々しい活躍は期待できないのかな、という気もするのだが。

◇　　　◇

この日の午後、黒江は主である高視に呼ばれて、二階の居間へと上がっていった。

ドアを開くと、ふわりと心地よい風が首筋をすり抜けていく。テラスへの扉が開け放たれ、新緑の庭が目に鮮やかだ。初夏の匂いがするようだった。

「お呼びでしょうか？」

部屋へ入ると、高視は優雅にお茶をしていたようだ。

お相伴《しょうばん》なのか、ゲイルが大きなソファに胡座《あぐら》をかいてすわりこみ、膝《ひざ》の上には三枚重ねのパンケーキがのった大皿を抱えて、口いっぱいに頬張っている。

フォークを片手にした人間姿で、……なんというか、クマならばまだ可愛げがある気がするのだが、いい年の男だと微妙に残念な気分になってしまう。

「ボロボロと食べかすを落とさないでくださいよ」

じろり、とゲイルを横目にし、しっかりと釘《くぎ》を刺すと、はーい、と、返事だけはいい子ぶってしてくる。

「相変わらずだね」

そんな黒江たちを眺めて、高視がクスクスと笑った。

「だいたい、高視様がこのクマを甘やかしすぎなんですよ。放し飼いすぎます」

「そうかな？」

むっつりと指摘した黒江に、高視がゆったりと微笑んで小さく肩をすくめてみせる。

出会った少年の頃もハッとするほどのきれいな容姿だったが、成長した今もそれは変わらない。

一位様である千弦も相当な美貌の持ち主なのだが、あちらは凛《りん》とした端整さが際立っているのに比べ、高視は誰の目にも華やかな容姿の美形だった。

すらりとした肢体に、少しばかり癖のある金色の髪がさざめき、鮮やかな緑の瞳が印象的だ。

実際、宮廷では千弦と女性の人気を二分するほどだという。いや、人気という意味では、あるいは高視の方が高いのかもしれない。

千弦は世継ぎだということもあり、すでに政務の大半を担っている。実際、恐ろしく有能であるらしく、さすがはペガサスを守護獣としているだけはあるのだろう。

だがそれだけに完璧《かんぺき》すぎて、近寄りがたいところがあるようだ。常に冷静で、人前で感情を見せることはなく。仕事には厳しくもあるが、どんな相手に対しても公正で。

その点、高視は王族とはいえ、直系の皇子ではなく、気軽に女性たちともつきあっていた。

見目よく、優雅な貴公子で、歌舞や楽器の才能があり、はっきりと言えば、遊び人として名を馳《は》せている。

つまり、人気はあるが、宮廷人、官吏たちからの評価は低い、ということだ。「尊敬」や「敬愛」を受ける対象ではない。

実際に身分は高いが、宮廷での地位はさほどではなかった。中枢に関わるような、大きな仕事が任されることはない。国内外から訪れる客をもてなしたり、何かの儀式の進行を確認したりと、そんな役目だった。

守護獣を持つ王族であるにもかかわらず、だ。

本来はもっと自分の能力を発揮できる場所で、しっかりと目立った働きができるはずなのに。

それが黒江にとってはもどかしいところなのだが、高視自身がそれを苦にしていないので、どうしようもない。

「ヒドイな、黒江。最近は俺、自分でパンケーキを焼けるようになったんだぞ？」

自慢そうにゲイルが横から口を挟んできたが、正直、守護獣の極めるべき技術とは思えない。

……他の守護獣って、ふだんはどんな感じなんだろうな？　と真剣に考えてしまう。

黒江は都へ来てからも王宮へ出向くことはほとんどなく、他の守護獣なども、何度か見かけた程度なのだ。

高視についているもう一匹の守護獣、白鷺はもちろんよく見るわけだが、どうやら姿を変えたり、自由に言葉をしゃべったりするほど、力の強い守護獣ではないらしい。

ただ、高視の舞いは誰の目にも優雅で美しく、「まるで白鷺のよう」と褒《ほ》められているところを見ると、守護獣としてついているだけはある気がする。

……そういう意味では、クマはまったくの役立たずなのだが。

「もう少しこのクマに、ちゃんと守護獣としての仕事をさせてください」

詰めよるように訴えた黒江に、高視が、ハハハ…、と他人事《ひとごと》のように軽く笑った。

「まあ、館のことは手伝ってるんだろう？　黒江が仕事をさせていれば問題ないよ」

「そういうことではなく…！」

「そういえば、ナマケモノって動物がいるんだってね？　ナマケモノの守護獣っていると思うかい？

もしいたら、どんな働きをしてくれるんだろうね」

黒江の声は耳から抜かし、高視がいかにも興味ありげに目を瞬かせて尋ねてきた。

「ナマケモノ……？」

黒江はあっけにとられてしまう。

「あいつら、一日に一時間くらいしか動かないらしいからな…。あとは寝てるか、じっとしてる。それでしょっちゅう、鷲に食われてる」

ゲイルがパンケーキを口に押しこみ、もごもごと言った。

「そうか。じゃあ、癒やされるだけなんだね。それでも十分だとは思うけど」

ふぅん、とうなずいた高視に、ゲイルが澄ました顔を作ってみせる。

「俺はナマケモノよりは働いていると思う。それに、クマだって十分癒やし系だと思うぞ？」

「そんな動物を基準にしないでくださいっ」

たまらず、黒江は噛みついていた。

つっこみたいところはいろいろとあったが、なんだか脱力してため息をついてしまう。

……これだから。

と、そっと額を押さえた。

やはり、この主人にしてこの守護獣あり、ということだろうか。

確かに高視が働き者だとは、黒江もそこまで欲目にはなれない。

「それで、ご用は何でしょうか？」

これ以上、バカ話につきあってはいられず、黒江は主に向き直ってぴしりと尋ねた。

「そうそう。実はちょっと頼みがあるんだけどね」

そんなふうに切り出されて、黒江は、はい、と答える。しかしちょっと怪訝《けげん》にも思った。

そうでなくとも、黒江はふだん言われたことはきちんとこなしているはずだが、……何か難しいことだろうか？

「しばらくの間、王宮の方に手伝いに行ってくれないかと思ってね」

膝の上で指を組むようにして、高視がじっと立ったままの黒江を見上げ、穏やかに口にした。

「王宮でお手伝い……ですか？」

思ってもみなかったことに、思わず聞き返してしまった。

今までにはなかったことだ。

「そう。今年は神宮の方で、二十年ぶりに遷宮の儀式があるだろう？　それもあって、ちょっと手が足りないようでね」

月都の神宮には東の神殿と西の神殿があり、二十年ごとに、月ノ宮司家の始祖と言われる神様が移り住むことになっている。その、いわば引っ越しの儀式だ。

そういえば、今年がその二十年目に当たるのだ。

一般に開放するわけではないので、国民的にはあまり知られておらず、国を挙げて盛大に、ということはないが、王宮では節目の、重要な儀式である。

「それはかまいませんが…、私で務まるでしょうか？」

いくぶんとまどったまま、黒江は聞き返してしまった。

館の中で采配《さいはい》を振るってきたとはいえ、すべて馴染んだこの瑠璃の館内でのことだ。王宮などというまったく未知の、あんな特別な場所で、うまくやれるかどうかははなはだ心許《こころもと》ない。

「誰か仕事ができる人間はいないかと千弦様からご下問があってね。黒江なら自信を持って推薦できると思ったんだよ」

にっこりと微笑み、高視が言葉を続ける。

「それは……」

さすがにそこまで言われたら辞退することもできなかった。

それに、これはいいチャンスかもしれない、と思う。もし、自分がうまく仕事をこなしてみせれば、主である高視の評価にもつながるわけだ。

王宮には、ほんの数度、何かのお遣いとか、新年の参賀のお供で行ったことがあるだけだったが、その中で働けるとなると、やはり少しばかりワクワクもする。

そういえば、皇子たちの守護獣もたくさんいるのだろうし、他の守護獣たちがどんな暮らしぶりなのか、働きぶりなのかも、自分の目で確かめることができるはずだ。

「わかりました。高視様の名に恥じないように、力を尽くしたいと思います」

きっぱりとそう答えた黒江に、頼むよ、と高視がうなずく。

「それでね、一人じゃ心細いだろうし、いろいろと力仕事もあるみたいだから、ゲイルも一緒に行かせるよ」

さらりとつけ足されて、えっ？　と思う。

「でも、それでは高視様が……」

「別に私はゲイルがいなくて不自由するわけじゃないし」

あっさりと言われて、守護獣の存在意義は…？　と黒江はあらためて考えてしまったが、ゲイルの方はパンケーキをぱくつきながら、ちょっと首をひねった。

「ま、高視の命令なら行くのはいいが…、王宮の中ってクマのままでいいのか？」

「いや、できるだけ人間の姿でいるんだな。私と一緒でクマなのはかまわないが、黒江と一緒にクマがいるのは、さすがにまわりが驚くだろうしね」

それはそうだ。何事かと思われる。

「えー…、面倒《めんどう》だな…。王宮なんか、かったるそうだしな」

「別に、私は来ていただかなくてもかまいませんが」

うめいたゲイルに、黒江はことさら刺々《とげとげ》しく言い返す。そして白々しく微笑んで、いかにも皮肉な口調で続けやった。

「そうですよね。うかつに王宮などに行けば、他の守護獣たちもたくさんいるでしょうから。能力や格の違いをあからさまに見せつけられますからね」

「なんだとぉ？　どういう意味だ、それは？」

ゲイルがフォークを握りしめて、目を吊り上げた。

さすがに守護獣のプライドを刺激したらしい。

「そのままの意味ですよ。食っちゃ寝してるだけのクマに宮廷勤めが務まるかどうか」

黒江はさらに、これ見よがしなため息をついてみせた。

「てめぇ…、俺を何だと思っててんだっ？　黒江っ」

クワッとゲイルが両手を挙げて、クマの威嚇ポーズをとってくる。……人型でそれをされても、あまり迫力はないのだが。

「ぐうたらなクマでしょう」

ふん、と鼻を鳴らして言い放つと、ゲイルが吠《ほ》えるように返してきた。

「行ってやろーじゃねーかっ！　俺の守護獣としての実力を見せつけてやるからなっ。おまえこそ、慣れない場所で泡食ってションベンもらすんじゃねーぞっ」

「そういう下品な言葉遣いもあらためてください」

顔をしかめ、むっつりと指摘した黒江だったが、それでも内心はホッとしていた。

王宮というと、さすがに気軽にお遣いに行くようなのとはわけが違う。

それなりの作法もあるだろうし、やはりなにより、高視の名を背負っているのだと思うと、緊張と不安もある。

やっぱり…、ゲイルが近くにいてくれるだけで心強かった。

いや、本当は、主である高視の側についているべきだとは思うのだけど。

「王宮に行くのでしたら、そのボサボサの髪とかヒゲも手入れして、きちんと身だしなみを整えてくださいね」

しかしぴしゃりと言い渡した黒江に、早くも情けなく、フォークを口にくわえたまま、うげぇ…、とゲイルが肩を落とした。

「えー、マジかー」

それに、高視が喉で笑う。

「たまにはしっかり働くんだな。まあ、私も王宮には出仕するから、あちらで顔を合わせることになると思うけどね。東雲家は先代から祭事の立ち合いを承っている家だし、遷宮の儀式には私も参加することになるから」

そういえば、祭事用の特別な衣装があり、言われて黒江も何度か用意したことがあるな、と思い出した。

東雲公は、神事があやまりなく行われた、ということを承認する、月ノ宮司家からの代表であり、また高視は奉納舞いを披露することもあった。

「でもその間、こちらのお館に私がいなくて大丈夫でしょうか？　いつから出向けばよろしいのでしょう？」

黒江としては、そちらも心配になる。

確かその遷宮の儀式は、まだひと月以上も先だった。

「まあ、この館のことは多少滞《とどこお》っても仕方がないね。できるだけ引き継ぎをしておいてくれるとありがたいけど。できるだけ早く、と言っていたから、来週くらいには行ってもらうことになるかな」

だとすると、丸々ひと月を空けることになる。

わかりました、と答えながらも、急にいそがしくなりそうだな、と思う。

「ゲイルが王宮でも怠けないように、そっちも見張ってもらわないとね」

いたずらっぽく笑って言われ、確かに、その監視も大変そうだ。

「大丈夫だって。俺もやるときゃ、やるからさっ」

手を伸ばして空になった皿をテーブルにおきながら、ゲイルが自信満々に言った。

そんな守護獣を横目に、高視がふと、首をかしげて聞いてくる。

「かえって大変なのかな？　一人の方がやりやすい？」

「いえ、そんなことはないです」

黒江はほとんど反射的に答えていた。

答えてしまってから、あっ、と少し、うろたえてしまう。

一緒にいたいと――思わず口にした気がして。

そんな黒江に、高視の目が小さく笑ったように思えて、黒江はさらにあせった。

「やっぱ、俺がいると心強いんだろー」

ゲイルが身を乗り出すようにして、にまにまと言う。

「あなただと使いやすいだけですよ」

なんとなく目を逸らしながら、黒江は素っ気なく返した。

「……なんだ。相変わらずこき使う気かよ」

げっそりとした顔でうなった男の耳を、黒江は無言で引っ張ってやる。

「いいいい、痛いっ、痛いって！」

「間違っても王宮の庭で腹を出して昼寝なんかしないでくださいね。高視様の名誉に関わります」

「わかってるよーっ」

悲鳴のように答えたゲイルに、ようやく黒江は手を離してやる。

高視がおもしろそうにこちらを見て微笑んだ。

「やっぱり、黒江の方がうまくゲイルを扱ってるね」

「否応《いやおう》なくですよ」

ため息をついて返しながらも、黒江はなんとなくその言葉がうれしいような、申し訳ないような気がした……。

◇　◇

黒江が月都の王宮に出仕したのは、それから三日後のことだった。

さすがに黒江は背筋が伸びる思いだったのだが、同行していたゲイルの方は相変わらずで、ふわふわとあくびをかましていた。

侍女に案内され、長い廊下を歩きながら黒江が横目にじろっとにらむと、あわてて片手を当ててだらしなく伸びた大口を隠している。

ゲイルは人型だった。

この男が守護獣だということは、一応、伏せておくことにしている。高視の命を受けていることには違いないが、一緒に行動しているわけでもないし、変に官吏たちに意識されると本来の「お手伝い」の役目も果たせないだろう、ということだ。

いつもなら人に姿を変えても、髪はボサボサ、だらしなく無精ヒゲも生やしたままのいいかげんな格好なのだが、さすがに宮中に出向くということで、今朝は出がけに黒江がきっちりと身だしなみを整えさせていた。

服もそうだが、黒江が髪をすいて整えてやり、さらにヒゲもきっちりと剃《そ》らせた。

すると、ふだんはむさいばかりの印象の男が一気に垢抜《あか》けて、ひどく色気のある、男っぽい雰囲気に変わるのだ。

こんなきっちりとしたゲイルの姿は、年始とか、何かの儀式の時くらいしか見ることがないのだが、ひどくドキドキしてしまう。

……多分、それは黒江だけではないのだろうけど。

館の中の女たち——だけでもなく、男までも——がざわつき、そわそわとし始めるのがわかる。

何気ないふりで振り返ってみたり、わざわざ遠回りして眺めていったり。

ふだんの、あのだらけっぷりを思い出せっ、と指導したいところだが、黒江にしてもやっぱり目が惹《ひ》かれてしまうのはどうしようもない。

なんだかすごく、ずるい気がする。

なんだろう…？　何が、なのかはよくわからないが、悔しいような腹立たしいような。

体格から何からまったく違うのだし、そもそも人種？　というか、種族からして違うのだから、別にうらやんでいるということではないのだが、……何というのか、クマのくせにっ、と言いたくなるのだ。

こんなにかっこよくなくてもいいのに。

ぐうたらなのは困るが、別にいい男である必要はないのだ。クマらしく、人型でももっさりしたままで十分なのに、と思ってしまう。

しかし高視の守護獣としては、やはりこれくらい颯爽《さっそう》とした雰囲気で、主の側についているべきなのだろう。

きれいな一対だと思う。

華やかな美貌を持つ高視と、その横に立つ精悍《せいかん》で男っぽい風貌の、しかしどこか色気をにじませるゲイルと。

まさに絵に描《か》いたような、主と守護獣の姿だ。

宮廷の誰もが目をとめるはずで、直系の皇子たちと比べても、なんら遜色はない。

はっきりと黒江にはイメージできるし、そうなってほしい、という思いはある。

だがその二人の姿が完璧なだけ、黒江はうまく言えない淋《さび》しさのようなものを覚えていた。

ゲイルは高視の守護獣なのだ、と、あらためて思い知らされるようで。

高視の側で、高視のために生きる。

決して、他の人間のモノになることはない。高視以上に、他の誰かに目を向けることもない。……そんな、あきらめ。

もちろん、初めからわかっていたことだ。

自分がいつから、この男に対して特別な思いを持っていたのか……いつそれを自覚したのか、黒江自身、よくわからない。

小さい時に拾ってもらって。高視のところに連れてきてもらって。

高視は親切な主で――その当時はまだ先代も存命だったのだが――、食事や着るもの、部屋も与えてくれて、さらには自分についていた家庭教師を黒江にもつけてくれた。歴史や外国語や、高視と同じテーブルについて勉強した教科も多い。恐れ多いことに。僕の復習にもなるから、と高視が自ら教えてくれたこともある。

その教育のおかげで、今はただの下働きではなく、家令の補佐のような仕事もできているのだ。館に来たばかりのほんの小さな頃は、世話になっているんだからなんとか役に立たないといけない、という思いも強くて、自分なりに一生懸命館の仕事を手伝っていた。

とはいえ、さすがに五歳の子供は非力で、今にして思えばかえって邪魔になっていたことも多かったんじゃないかと思う。自分にできないことが悔しくて泣きそうになった時、いつも通りかかったゲイルが助けてくれた。

通りかかったふりをしていたが、多分、黒江のことを気にかけてくれていたのだろう。あるいは、自分が連れてきたのだから、という責任感のようなものがあったのかもしれないが。

合間を見て一緒に遊んでくれたり、敷地内の見まわりや柵《さく》の補修とか、少し館から離れるような時には、背中に乗せてつきあってくれた。都に来た当初、急に淋しくなって、思い出したようにこっそりと一人で泣いていた黒江のベッドに、いたずらするみたいにゲイルが潜りこんできて――しかしクマの大きな身体だったから、黒江がベッドから落っこちてしまって、泣くどころじゃなくなったこともある。怒ったふりをした黒江を、ゲイルは自分の身体をベッド代わりにして寝かせてくれた。

本当に不思議なくらい、黒江が淋しい時、心細い時に、見計らったみたいにのっそりと現れるのだ。例の暢気な顔で。

そうすると、ゲイルがいるだけでホッと安心できた。

成長するにつれ、黒江は仕事をうまくこなせるようになり、だんだんとそんなことも減ってしまって。

それでも、何かあった時は必ず、一番に黒江の側に来てくれる。黒江が何も言わなくても。

おそらく黒江にとって、今の状態が一番、いいはずだった。一番、幸せだった。

自分が高視の側でずっと仕えていられたら、ゲイルともずっと一緒にいられるということなのだから。きっと今みたいに、小言を言いながらだろうけど。

それだけに、今回与えられた役目は黒江にとっては思いがけないもので、しかもゲイルと一緒にというのは、心強くもあるのだが、やはり少し、とまどっていた。

自分のいる……いていいポジションではないみたいで。

王宮には数度、高視のお供で訪れたこともあったが、こんな奥深くまで入ったことはなかった。

王族たちが暮らしているのは奥宮と呼ばれる、王宮でも一番奥まったところだろうが、ここは一般の政務が執り行われる中宮……と呼ばれるあたりだろうか。正直広すぎて、どこからどこまでが中宮なのか、よくわからなかったが。

月都の政治の中枢だ。

外宮だと、陳情に訪れる地方からの使節や、商人たち、申し立てのある市井《しせい》の者たちでかなり混雑していたが、このあたりになると行き交っているのはほとんどが官吏か軍人たちになる。それでも街の往来かと思うほどの人通りで、さすがに黒江は目を丸くしてしまった。

宮殿というよりは、本当に一つの街のようだ。

その中宮のちょうど中央にあるらしい、正方形の広い中庭から四方八方に伸びた回廊の一つを通り、一つの建物に入り、さらに何度か折れ曲がって黒江たちが向かっているのは「典礼院《てんれいいん》」という部署のようだ。さまざまな儀式の準備や進行を司《つかさど》るところである。

黒江たちはそこを手伝うことになっていた。

「大丈夫か？　おまえ、案外方向音痴《おんち》だからなァ…」

黒江とは違って、館にいる時と変わらずのんびりとした歩調で歩きながら、ゲイルがわずかに身を屈《かが》め、黒江の耳元に口を寄せて聞いてくる。

クッ、と喉で笑ったゲイルに指先で額をつっつかれて、どうやら、眉間《みけん》に難しい皺《しわ》を作っていたらしい。

よけいなお世話だ、とムッと思ったが、……正直、すでに迷いそうだった。一人ではとても、もとの場所に帰れそうにない。

「あなたは大丈夫なんですか？」

「あたりまえだろ。俺を何だと思ってんの」

むっつりと聞き返すと、ゲイルがふふん、と偉そうに胸を反らせた。

まあ確かに、方向音痴の動物など聞いたこともない。

そんなゲイルのとぼけた横顔を、黒江は知らず見つめてしまった。

ふだんと何も変わらない、いつもの様子だ。……それが妙な違和感になって、胸の内がもやもやする。

「なんだ？」

そんな黒江の視線に気づいたのか、首をかしげて怪訝に聞かれ、あわてて、別に、と黒江は素っ気なく返した。

いつもと同じ――。

しかし黒江は、ゆうべのことを思い出していた。

王宮に来る前夜、やはり少し興奮していたのか寝付かれなくて、夜中に水を飲みに厨房へ行こうとした時だった。

使用人もほとんど寝静まっていたそんな時間に、サロンの方から話し声が聞こえ、何気なく近づいた黒江の耳に、中で話していたらしい二人の声がはっきりと届いたのだ。

高視と、ゲイルだった。

話していた、というより、ほとんど言い争いをしているように聞こえた。

「おまえ…、本気でそんなことをするつもりなのか…!?」

ほんのわずかに開いていたドアの隙間《すきま》から、喉元をつかまんばかりに主であるはずの高視に詰めより、ゲイルが口調も荒く問いただしているのが垣間《かいま》見えた。

えっ？ と、あまりの驚きに目を見開いたまま、黒江は立ちすくんでしまった。

明らかな殺気、だろうか。高視相手に、だ。

本体がクマだとは思えないくらい、たいていのほほんとしている男が、思わず息を呑《の》むほどに恐ろしかった。

黒江がゲイルのことを恐いと思ったのは、五歳で初めて出会った時くらいだったのに。

「もちろん本気だ。私はこの時が来るのをもう何年も…、ずっと長い時間、待っていたんだからね」

しかしそのゲイルをまともに見返し、突き刺さるほど冷ややかに高視が言い放った。

高視のそんな冷たい表情も初めて見る。

確かに、主として使用人や、領地の官吏に対して厳しい態度をとることはあったが、それでも、これほど……、たじろぐほど恐くはなかった。いつも美しく、優しい笑顔で。

「どれだけ危険なことかわかっているのかっ、おまえは！」

その高視から一歩も引かず、食い下がるようにしてゲイルが声を荒らげる。

「ではこのまま、すべてを曖昧《あいまい》なままにしておいてもかまわないと？」

「やり方があるだろうと言っている！」

主に対して嚙みついたゲイルの様子に、黒江は恐くなって……、何か聞いてはいけないことのような気がして、あわてて部屋の前を離れた。

心臓がドクドクと音をたて、不安が胸を覆っていく。

何が原因なのか——何のことを話していたのかはわからない。主と守護獣との関係だ。黒江などがうかがい知れない問題もあるのかもしれない。

ただ、不安だった。

——契約が、切られるようなことがあるんだろうか……？

それを考えると、胸がつまる。

想像したこともなかった。ゲイルが、高視の守護獣じゃなくなることなど。

だが結局、それは主の気持ち一つなのだ。

そうなったら……ゲイルは館を出るしかないだろう。別の主を探すのだろうか？

——一緒にいられなくなる……。

それだけが、黒江にとってははっきりとわかっていることだ。

不安で、その夜はほとんど寝られなかった。

それなのに翌朝——今朝だ——真っ赤な目で起きてきた黒江を、ゲイルはいつものようにからかったのだ。

「おい、なんだ？　子供みたいだな。王宮に行くのにワクワクして寝られなかったのか？」

「黒江はおまえと違って繊細なんだよ。ねぇ？」

高視の方もまったく変わらず、澄ました顔で言って、黒江の味方をしてくれる。

本当に不自然なほど、いつも通りの二人だった。ゆうべのことは夢だったのかと、本気で考えてしまうくらいに。寝ぼけていたのだろうか、と。

もしかしたら、あれから仲直りしたのかな…、と、自分に言い聞かせる。きっとそうだ、と。

何が原因だったんだろう、と気にならないではなかったが、やはり聞くことはできなかった。

黒江としては、知らないふりを通すしかない。

だがある意味、こうしてしばらくゲイルが高視から離れていることは、もしかするとタイミングがよかったのかもしれない…、と思う。おたがいに頭を冷やす、という意味では。

「こちらです」

と、案内の侍女に通された扉のないだだっ広い一室には、いくつもの机が置かれ、たくさんの官吏たちがいそがしく立ち働いていた。

さすがにこの慌《あわ》ただしさも、一貴族の館でしかない瑠璃の館では見られない規模で、叱責の声やあやまる声、あせって尋ねる声などが、折り重なるようにして、部屋中のあちこちから響いてくる。たくさんの書類や備品のようなものも、そこここの机で山積みになっており、その光景に黒江はさすがに目を瞠ってしまった。

「室長様はあの奥の方です」

と、戸口のところで一番奥を指し示されて、どうやらここからは自分たちで挨拶《あいさつ》に行くことになるらしいとわかる。

ありがとうございます、と侍女に礼を言ってから、黒江は息を吸いこんで緊張の面持ちでそちらへ近づいていった。ゲイルの方は緊張感もなく、ふうん、とものめずらしげにあたりを見まわしながらだったが。

「恐れ入ります。室長様でいらっしゃいますか？」

教えられた、一番奥の机にすわっていた初老の男が部下らしき官吏への指示を出し終わったタイミングを見計らって、黒江は声をかける。

あぁ？　とようやく気づいた様子で、男がこちらを向き、怪訝な表情を見せた。

「どこの者だ？　必要な備品があるのなら、書きとめて係の者に渡してもらえれば――」

「いえ、わたくし、黒江と申します。東雲公高視様より、こちらでお手伝いするようにと言いつかってまいった者でございますが」

「東雲公の…？　ああ…、話は聞いている」

うなるように言うと、どこか値踏みするように黒江と、そしてその後ろのやたらと体格のいいゲイルとを胡散臭《うさんくさ》げに見上げた。

そして、無言のままにも威圧感を感じたらしい。あわてて視線を逸らして咳払《せきばら》いすると、もごもごと口を開いた。

「いや、わざわざ申し訳ない。いろいろと手が足りないものでしてな…、お手伝いいただけるとありがたいですよ」

　そして、おもむろに部下の一人を呼びつけると、なかば押しつけるように言った。

「おい、蝦根《えびね》！　こちらの二人に仕事を教えてやってくれ」

「えっ？　あ…、はい。……えっと、どなたですか？」

　呼ばれた男は、黒江より少し上くらいだろうか。とまどったように眺めてくる。

「東雲公のところからの援軍だ。東雲公には、奉納舞いを披露していただくことになる。そちらの準備に不都合がないようにということだろう」

　室長がどこかめんどくさそうに言った。

　黒江が聞いていたのはそういうことではなかったのだが、要するに室長としてはあまり手伝いとしては期待していない、ということかもしれない。

「東雲公？　ああ…、あの遊び人の。――っとと、これは失礼。いえ、とても女性に人気がおありになる方ですからね」

　男の失言に、一瞬、ピキッと、と黒江の表情が引きつってしまったのだろう。

　蝦根と呼ばれた男が、あわてて首を縮めた。それでも、それほど悪いと思っていないように薄ら笑いを浮かべている。

　そうなのだ。高視に対してそういう評価が少なからずあることは、黒江も耳にしていた。

　実際、高視はその歌舞の才が貴族の夫人や娘たちからも重宝がられ、毎夜のようにあちこちの館で宴《うたげ》の招待を受けている。いくつかの楽器で皇女たちの手ほどきもしているし、もちろん貴人に仕えている侍女たちからの視線も熱い。

そうでなくとも二十八という適齢期で、未婚の王族である。貴族の娘たちからすれば花婿候補の筆頭であり、夫人たちからすればちょうどよい遊び相手であり、自分に自信のある侍女たちからすれば、正妻とは言わなくても愛人になりたい男として、真っ先に上がる名前だろう。

そんなよりどりみどりの花畑の中、また高視自身も気楽に、たくさんの女性と広く浅いつきあいを繰り返しているようなので、黒江としても反論はしにくい。

夜遊び、というのか、館へ帰ってこないこともそこそこあり、そのあたりが守護獣を連れ歩けない理由なのか？　と黒江は推測したりしていた。

とはいえ、高視の役目である他国から訪れた客の接待や、それこそ儀式の際の舞いや、楽器の演奏なども、宮中では欠かせない、大切な仕事のはずだ。それなのに、ちゃらちゃらと遊んでいるだけの気楽な、王族の片手間の名誉職、のように思っている者もいるわけだった。……それも、こんな官吏たちの中に、だ。

だからこそ、自分がその評価を変えなければならないのだ、と黒江は気持ちを新たにした。

内心ではそんな闘志をみなぎらせながらも、よろしくお願いいたします、とことさら丁寧に頭を下げる。

「あ…、ああ、こちらこそ。じゃあ……ちょっとこちらにいらしてくれますか？」

うながされ、では、と室長にも会釈して、黒江は男のあとについていった。

ここで黒江がいいかげんな仕事をすると、やはりあの主のところにいるだけはある、と思われてしまう。

ゲイルにもしっかりと釘を刺しておかなければならなかった。

「ええと…、雑用はたくさんあるんだけどね。でもこっちの人には力仕事、頼んでもいいかなあ。案外、用意する荷物の移動が多くってさぁ」

なかば愚痴《ぐち》ともつかないそんな言葉を出しながら、男が乱雑な机の上をかきまわすようにして、巻紙をいくつか引っぱり出している。表紙の装丁に何種類か違う色があり、どうやら部署ごとに色分けされているようだ。

そんな細かいことを視線の端で確認しながら、黒江はこっそりとゲイルの耳を引っ張るようにして言い聞かせた。

「真面目《まじめ》に働いてくださいね。こちらの厨房でつまみ食いなんかしないでくださいよ。館じゃないんですから」

「いてての…っ。——おっ、それがあったな！　厨房の位置を確認しておかなきゃなー。王宮のパンケーキってうまいのかなー」

思い出したようにゲイルがパッと顔を輝かせ、方向を探すようにヒクヒクを鼻を動かす。

こんなところから厨房の場所がわかるはずないだろう、と思うのだが、なにしろクマの嗅覚《きゅうかく》は犬の七倍もあるらしいので、侮れない。

何というか、匂いに釣られていきなりクマが厨房に現れでもしたら、相当なパニックだろう。いろんな種類の守護獣がうろうろしている（らしい）王宮内とはいえ、クマはいないはずなのだ。

「おとなしくしてないと、向こう半年間、パンケーキは作りませんよっ」

「……はぁい」

じろっとにらんで本気で脅すと、ゲイルが唇を突き出してふてくされたように返事をした。

男から仕事の説明を一通り受けたあと、黒江たちは宿舎の方へ案内された。

「申し訳ありません。今、宮中には来客が多くて、こんな部屋しか用意できなくて」

「いいえ、お構いなく」

ドアの前で申し訳なさそうに言われ、黒江は朗らかに返した。

実際、どんなに小さな部屋でもまったく問題はなかったのだが――。

目の前で開かれたドアの向こうは、下級官吏たちの宿舎の一室らしく、ベッドと机があるだけの簡素な部屋だ。だが、そこそこ広い一室だった。……そう、一人部屋であれば、だ。

ベッドが二つ、向かい合った壁沿いに並んでいる。どうやら相部屋、ということのようだった。

「大丈夫ですよね？」

「え、ええ…」

聞かれて、思わず声がうわずってしまう。

いや、別に何の問題もないはずだった。

ほんのひと月程度のことだ。ゲイルとは長いつきあいになるわけだし、それこそ同じベッドで寝たことだって何度もある。ほんの小さい頃だったけれど。

というより、ゲイルの身体自体をベッド代わりに寝たこともあるのだ。

今さら、と言えるはずだった。しかも、一つのベッドというわけでもない。

なのに今夜から同じ部屋で寝るのだ、と思っただけで、知らず、カーッと血が顔に上ってしまった。

「は…早く片付けて仕事にとりかかりましょう…！」

それをゲイルに悟られないように、黒江はことさら相手の顔は見ず、あわてて自分の荷物を片付け始める。

しかし片付ける荷物などほとんど持ってきていないゲイルは、そんな黒江の横顔をじーっとのぞきこんでくる。

「……うん？ どうした、黒江。俺と二人っきりで、ずいぶん意識してるみたいだな？」

そしてふっとおもしろそうに、いかにも人の悪い顔で——いや、クマの悪い顔で？ ——にやりと笑った。

「そうだ。せっかく二人きりの部屋だし？ あのちっこかった黒江ももう二十歳だもんなー。オトナになったんだし？ この機会に手取り足取り、俺がオトナの階段を昇らせてやろうか？ おまえ、もしかしなくても初体験もまだだろ？ 奥手だもんなぁ」

にまにまと楽しそうに言う、そんな遠慮もデリカシーも何もないがさつな言葉に、黒江は爆発するように叫んでいた。

「意識なんかしてませんっ」

その勢いに、うおっ！　とゲイルがのけぞって離れる。

「あなたのイビキがうるさそうだと思っただけですよっ。そんなにサカってるんなら、夜は適当な相手を見つければいいでしょう！　宮中なんですから、きれいな人がたくさんいますよっ」

なんだか腹立たしさのあまり、涙目になっていたのかもしれない。

あからさまに、しまった、という表情をゲイルが見せた。

「あー…、いや、そうだよな。悪い悪い。その…、おとなしくしてるから。なっ？」

黒江のあまりの剣幕にか、あせったように目を逸らし、ゲイルが頭を掻いてあやまってくる。

――人の気も知らないでっ。

心の中でわめき、黒江はたたきつけるように枕《まくら》をベッドへ放《ほう》り投げた。

◇

◇

それから二週間ほど。

初めのうちは、典礼院でも適当にあしらわれていた感じだったが、黒江は自分から仕事を探すようにしてテキパキと働き、少しずつ仕事ぶりも認められるようになっていた。

高視が関わる部分の仕事はもちろん、手抜かりがないよう、念を入れてしっかりと、その他の手伝いも効率的に進めていった。

おそらく、典礼院に長くいる人間ではなく、外から来た人間だったからこそ、見える部分もあったのだろう。何度も同じところを行ったり来たりしているような連絡や、書類のやりとりを調整し、備品の保管場所やチェック項目の見直しを提案し、黒江自身が神宮まで足を運んで、担当の祭司と折衝することもあった。

ゲイルは自分から考えて動く方ではなかったが——もともとこういう事務的な、細かい作業は苦手なはずだ——それでも黒江の横で、あれこれと手伝ってくれていた。まあ、主に力仕事だ。

それに、やはりいきなり外から来た人間にいろいろ口を出されるのを快く思わない者もいるわけで、脅しのような言葉を投げられたこともあったが、東雲公のもとから派遣されてきた、という後ろ盾に加え、ゲイルが横でじろっとにらみを利かせてくれると、たいていはおとなしくなる。

官吏といえばほとんどが文人なわけで、ゲイルくらいガタイのいい男はいないのだ。それだけに、凄《すご》んだ時の迫力と威圧感は半端ない。

そうすると、まあ、話だけは聞いてみようか、という流れになる。そしてきちんと話を聞いてもらえれば、ある程度その有効性も理解できるわけで、じゃあ一度、それでやってみようか、という感じになる。

それがうまく行き始めると、積極的に黒江の話も聞いてもらえるようになる。よい循環になったわけだった。

「黒江殿。裏方の準備ですが、手配はこちらでよろしいですかな？」

いつしか黒江を中心に作業が回るようになり、室長までもが黒江に確認をとりにやって来るようになっていた。

「はい。……そうですね。予備の控え室をもう一つ、とっておいたらいいかもしれません。装束や、鳴り物が意外と場所をとりますし。東の神殿に一番近い建物というと、どこになるのでしょう？」

「うぅむ…、あのあたりは王宮からは少し離れておりますからな…」

「ああ、でしたら、目立たないところに臨時の幕屋など構えるのはどうでしょう？」

話を聞いていた別の官吏が提案してくる。

「うむ。それはよいかもしれんな。……兵舎で借りることができるだろう」

「そういえば、警備の方は？　王族も多く参列されますから、近衛兵《このえ》からそちらの警備にまわるのでしょうか？」

思い出して、黒江は尋ねた。

「七位様の近衛隊が入られると聞いておりますな。それとは別に、宮中警備の隊が神殿付近を重点的に警備するようだが」

それに室長が記憶を探るようにして答える。

「兵たちの移動する範囲を確保する必要がありますね…。神官や巫女、あるいは奉納舞いの演者や楽士たちとぶつかり合うようだと、相当に混雑しそうです」

「そ…そうだな。確かに」

「それぞれ別の方向から所定の場所に入れるように、部屋割りや幕屋をとった方がよいですね」

「だが神殿内については、私たちが口を挟めるところではないからな」

「たとえば、このあたりに幕屋を造り、楽士たちを準備させておくのもいいでしょう。進行を見ながら、出番前に呼びにやる係が必要ですが。それと、七位様には警護のやり方をご相談させていただければよいですね」

「うむ。そうだな…」

神殿付近の配置図を見ながら説明した黒江に、室長や、横で聞いていた官吏たちがうなずき合う。

他人の意見をきちんと受けて、取り入れるあたりも、黒江がまわりから受け入れられる理由だろう。年配の人間のように頭ごなしに言うこともないし、一生懸命やっている、というのがよくわかる。

黒江になら、力になってやろうと思わせるところがある。

そうしてだんだんと仕事も軌道に乗り始め、殺気立つように忙殺されていた典礼院の官吏たちも、ゴールに向けて一致団結するように気持ちが高まり始めた頃、黒江はいきなり一位様――千弦から呼び出しを受けた。

千弦とは、王宮に移った数日後、高視が出仕したタイミングで、ゲイルとも一緒に引き合わされていた。奥宮にある、千弦の私室にともなわれたのである。

正直その時は、緊張などというものではなかった。

頭の中が真っ白、というのだろうか。

自分が一位様の前に出て、直《じか》に言葉を交わせることなど想像したこともなかったのだ。

しかし、よくよく考えてみると、高視にとっては血のつながった従兄弟である。

月都の宮廷を二分する麗人、という意味で並び称されることの多い千弦と高視だったから、なんとなく黒江としては、千弦に反感というか、苦手意識を持っていたところがあった。

いや、もちろん、直接千弦のことを知っていたわけではないから、一般的に国民の誰もが抱いているイメージだけでだったけれど。

何というのか…、高視本人が口にしたわけではなかったが、「並び称される」とはいっても、それはそれぞれの対照的な容貌に関してだけである。

冴《さ》えた月のような、端整な美貌の千弦と、太陽のように華やかな美形である高視と。

月都――という国であれば、当然のごとく千弦の持つ美しさの方が好まれる傾向はあり、そうでなくとも身分、立場が違う。同じ王族とはいえ、その差は歴然としていた。

ペガサスを守護獣に持つ世継ぎ。その持って生まれた能力を施政に遺憾《いかん》なく発揮する完全無欠の、絶対君主だ。現王である父親よりも宮中や、国民に対して、その存在感、発言力は大きい。

実際のところ、比べることの方がおかしいし、比べられる高視にしてみれば相当なプレッシャーだろうな、と想像するにあまりある。

黒江が、主である高視を尊敬するところの一つが、そんなふうに宮廷で噂《うわさ》のネタにされていたとしても、特にそれを気にしたところを見せない器量の大きさだった。

単に何も考えてないだけ、女と遊ぶことしか頭にないだけ、などとうそぶく口さがない連中もいるようだったが、そのことで愚痴を言ったり、誰かを責めたりするところは見たことがない。それは品行方正な千弦に対する当てつけなどではなく、余裕の表れだと黒江は思っていた。

実際、派手《はで》に遊んでいるようにも見えるが、大きな問題になったことはなく、恨みを買うようなこともなかったから。

一度などは、噂のあった貴族の女性の夫が、瑠璃の館を訪ねてきたことがあった。内心では、修羅場になるのか…？　とあせりつつ応対に出て、応接室に通した黒江だったが、その男はわざわざ礼を言いに来たのだった。

どうやら、高視が夫人に与えた助言のおかげで家庭内の不和が解消され、家庭崩壊の危機から免れたらしい。

だから「遊び」と言っても、高視は女性にとってよい話し相手、助言者というだけのことも多いのだ。

なのに、一方の千弦は持ち上げられるだけ持ち上げられ、高視の方は陰口をたたかれる、というのが、黒江としては納得のいかないところだった。

そんなこともあって、千弦に謁見できる、というのは、光栄な反面、いくぶん複雑な気持ちがあった。

だが実際に千弦を目の前にしてみると、やはりその圧倒的な存在感、美しさ、気高さには、一瞬、言葉を失うしかなかった。

固まったまま顔を上げられず、ろくに挨拶の言葉も出せなかった黒江に、千弦は意外と気さくな様子で、黒江を見つめて微笑んだ。

「ほう…、おまえが黒江か。可愛い子だね。話は聞いていたけど」

そんな言葉に、黒江は思わず、一緒にいた高視を眺めてしまった。

千弦と高視との間で、自分のことが話題になるなど考えられない。いったいどんな話をしていたのか……。

「そうだろう？　いい子なんだよ。仕事もできるしね」

「た…高視様…っ」

だがあっさりと返した高視に、黒江の方がとまどって、声をうわずらせてしまう。

くすくすと笑いながら、高視が特に断ることもなく、部屋の一角に設けられていた接客用だろう、広いソファの一端に腰を下ろした。

千弦の方も何気ない様子で執務机から立ち上がって、そちらに移る。

「若いのに、君の家を仕切っていると聞いた。安曇《あずみ》の叔父が感心していたよ。細かいところまできちんと気を配れていると」

「あげないよ？　千弦はできる子を見ると、すぐに引き抜くからね」

すわりながら言った千弦に、高視が肘《ひじ》掛《か》けに頬杖《ほおづえ》をつきながら釘を刺すように澄まして返す。

王族二人がかりで褒められて、さすがに黒江としては面映ゆい。

しかし、あれ…？　と、ちょっと違和感というか、意外な思いにとらわれた。

二人の会話からは、なんだか気の置けない様子が見てとれる。兄弟とか、長年の悪友のような。

なんとなく仲が悪そうだな、と思っていたのは、自分の勝手な思い込みだったのかもしれない。

二人の和やかな会話に安心して、少し緊張もほぐれたのだろう。あ、と思いついて、黒江は無意識にきょろきょろとしてしまっていた。

それに気づいたらしく、千弦が声をかけてくる。

「ああ…、ルナなら、今はいないよ」

千弦の守護獣、伝説のペガサスだ。

「す…すみません…っ」

言い当てられ、ちょっと赤くなり、あせって黒江は勢いよく頭を下げる。

それでもやっぱり近くで見たい、と思ってしまうのは人情だろう。ほとんど伝説上の生き物なのだ。

恐縮した黒江に、千弦が気軽に続けた。

「守護獣だが、ルナは私にべったりついているわけではないからね。気ままなのだよ。気が向いた時だけ、遊びに来るというか。まあ、私がルナの力を必要としている時にはきちんといてくれるから、問題はないがな」

「そうなんですね…」

やはりそうなんだ、と疑問が一つ解けて、黒江はうなずいた。

宮中で働く人間でさえ、ふだんペガサスを見かけることはない、という話だったのだ。

千弦のいるこの部屋が奥宮の端の方にあり、さらにその奥の方にペガサスの部屋……というか、小屋？　がある、という噂もあったが。

なにしろ伝説の聖獣だ。

はったりじゃないのか？　と疑う者もいるようだったが、それでも新年などのあらたまった儀式では、時折、人々の前に姿を見せていた。

真っ白な翼のペガサスを従えた千弦の姿は、本当にため息が出るほど美しい。

悔しいが、本当に見惚《みほ》れるくらい神々しい姿なのだ。正直なところ、クマごときではとても真似《まね》できない。

……まあ、うちのクマもそれなりにイイ線はいっていると思うけど。

ちろっといつになくまともな姿のゲイルを、黒江は横目にしてしまった。

しかし常に主の側にいるわけではない、という意味では、ゲイルはペガサスと同じスタンスということだろうか。

なんというか、態度だけは聖獣並み、というあたりが図太いゲイルらしいとも思えて、ちょっと笑ってしまう。

そのゲイルは、黒江ほど千弦の前でも緊張している様子はなく、そのへんはさすがに媚《こ》びることのない守護獣ということらしい。

「君は……ゲイルといったか？　クマの守護獣だったな」

そんな、千弦から直接かけられたお言葉にも、どーも、と軽く答えたくらいだ。

いつの間にか入ってきていた黒ネコが、ゲイルと目が合ってあわてて跳ねるように開け放していたテラスから逃げ出していく。本能的に正体を察したのだろうか。おそらく、守護獣ではなく普通のネコなのだろう。

千弦は、ペガサスと鷹、そして最近、新しくネコと契約したと聞いていた。黒江たちが部屋を訪れた時からずっと、置物のように身動きせず、千弦がすわっている側の一人掛けのソファに身を伏せている、ブルーグレイの毛並みが美しいネコがそれだろう。

鷹や、高視の守護獣である白鷺もそうだが、さすがに鳥類は部屋の中を飛びまわるのが窮屈《きゅうくつ》らしく、たいてい館の庭か、屋根、上空あたりを飛んでいる。この部屋のテラスにも、その鷹の専用だろう、意匠を凝らした止まり木がおかれていた。

「力強くていいね。クマの守護獣はなかなかいない」

じっと何か見透かすようにしばらくゲイルを見つめてから、千弦が静かにうなずく。

「あの…、今までクマの守護獣を持っていた王族はいらっしゃらないのですか？」

ふと尋ねた黒江に、一瞬、千弦と高視が視線を合わせたような気がした。

が、さらりと千弦が答えてくる。

「いや、いたよ。歴史上には何人か。叔父の一人にもいたしね」

そんな会話などどうでもいいように、ふいにゲイルがぞんざいに口を開いた。

「あの、外へ出ていいですかね？」

「ゲイル…っ」

ゲイルの相手を見ない口調にさすがにあせった黒江にかまわず、千弦はあっさりと許可した。

「王宮内、君の自由に回ってくれてかまわない。もっとも人の姿でいるのなら、兵たちに不審者扱いされる可能性もあるが」

「大丈夫ですよ。この姿で通行証、もらってますからね」

それににやっと笑ってゲイルが答え、のっそりとテラスから外へと出て行った。

ちょっとハラハラするような思いで見送っていた黒江だったが、あたりをきょろきょろと見まわしているゲイルのもとへ、すうっ…と一羽の鷹が舞い降りているのがわかる。

他にも散歩中だったのか、茶色の毛皮で、背中に黒いラインが入ったような犬――いや、ジャッカルだろうか――が、ふっと足を止め、気がついたゲイルがゆっくりとそちらへ近づいていく。

どうやら、守護獣同士の交流？　のようなものがあるらしい。

しばらく歓談してから、黒江たちが千弦のもとを辞したあともゲイルはなかなか帰って来なくて、黒江は少しばかりあきれたものの、やはり他の守護獣仲間と出会うことは稀なのだろうから、仕方がないか、とも思う。

王族とはいえ、皇子ではない主を持っていることに、他の守護獣に侮られたりはしないのかな…、と少し心配になりつつも、まあ、クマの守護獣だ。他の守護獣たちに力や能力で引けはとらないはずだった。

そんな感じで、高視を交えて顔見せ程度の挨拶をしただけで、それ以降、黒江が千弦と何か接点があったわけではなく、突然の呼び出しに少しあせってしまった。

「お部屋の方においでいただきたいとのことでございます」

と、迎えに来た侍女に口上を述べられ、反射的にゲイルの姿を探すが、ちょうど今、頼まれた荷物を別の部署に届けに行ったところだった。

「あの…、はい。わかりました」

しかし、一位様からの呼び出しを拒否することなどできない。待たせるなども論外だ。

黒江は侍女のあとについて、千弦の部屋へ向かった。方向からすると、どうやら以前に行った、奥宮の私室らしい。

途中通り過ぎた中庭では、気合いの入った声で近衛兵らしい男たちが剣の訓練を行っており、その横を優美な白い豹《ひょう》が横切っている。おそらくは誰かの守護獣なのだろう。傍らの木に飛び移って、枝分かれした部分にのっそりと身体を伸ばしている。

その木の根元でリスが身体を伸ばしたり、縮めたりして訓練を眺めており、少し離れたところではウサギが草を食んでいる。黒江が歩いている回廊の壁沿いを、ネズミたちが数匹一列になって走っているのも見かける。

上空では大きな鳥がゆったりと旋回しており、さすがに宮中だけあって、守護獣の数も種類も多いようだ。……いやまあ、そのすべてが守護獣かどうかは、黒江にはわからなかったが。

そういえば、剣の技量で名高い七位様がしばらく前に雪豹と契約したと耳にしていたから、あの白い豹がそうなのかもしれない。

やはり気高く、気品があるように見えるのは、隣の芝生、ということなのだろうか。

……同じ庭にいるのでも、ハンモックで腹を出して寝こけているクマとは違いすぎる。

ちょっとため息をついた黒江だったが、さすがに千弦の部屋の前で腹に力を入れ直した。

一人で拝謁するのは緊張するが、せっかくの機会だ。思い切って、ずっと言いたかったことをぶつけてみようか、と思う。

「ああ、黒江。呼び立ててすまなかった」

開いた扉の先で、執務机の向こうから、何か書類に目を落としていた千弦が顔を上げて言った。

そのすぐ横には体格のいい男が一人、無表情に黙ったまま立っていて、黒江の姿に軽く会釈をよこしてくる。

この前に来た時にもいたが、声を聞いたことはない。見るからに寡黙そうな男だ。

宮中のおしゃべり雀《すずめ》たちが教えてくれたところでは、「守護獣より守護獣らしい」千弦の警護役の男のようだ。ペガサスの代わりか、常に千弦の側で仕えているという。

ソファへうながされ、まさか高視のような王族でもないのに、一位様の前ですわることなどできるはずもなかったが、いいから、と押し切られて、おそるおそる黒江は端の方に腰を下ろした。

「宮中での仕事はどうだ？　少しは慣れただろうか」

「はい…、ありがとうございます」

優しく聞かれ、ようやく小さな声で答える。

「高視が推薦しただけあって、優秀なようだな。典礼院からも報告は来ているよ。いろんな提言がとても助かっていると。できれば遷宮の儀式のあとも、そのまま役職についていてくれればありがたいと申し入れがあったが」

「そんな…。私などがお役に立てているようでしたらよいのですが」

「他にも何か気がついたことがあれば、遠慮なく指摘してもらえればありがたい。私も、宮中の隅々にまで目が届くわけではないからね」

お愛想なのかもしれないが、そんなふうに言われて、黒江はそっと乾いた唇をなめた。そして思い切って顔を上げると、無意識に身を乗り出すようにして口にしていた。

「あの…っ、お願いが……あるのですが」

「何だろう？」

千弦がゆったりとソファにすわりなおしてから足を組み、わずかに首をかしげた。

「高視様のことなのですが、高視様にもっと大きなお役目を与えていただけませんか…っ？　それなりの仕事をいただければ、高視様は必ずやり遂げる能力のある方です…！」

わずかに身を乗り出すようにし、しっかりと千弦の顔を見つめ、黒江は一気に口にした。

その黒江を静かに見つめたまま、微笑んで千弦が答えた。

「知っているよ」

端的な一言に、黒江は一瞬、言葉を失う。想定していなかった返事に、あっけにとられた、というのか。

「優秀な人間はいくらいても足りない。私も高視にはいろいろと回したい仕事があるのだが、なかなか腰が上がらないようだ」

そんな言葉を続けて、小さく息をつく。

「高視には一つ…、かなり以前からやり残している大きな仕事があってね。それが片づかないうちは、落ち着かないのだろう。まあ、時期が来たら、有無を言わさず政務につけるつもりではいるが」

淡々と続けられて、黒江は拍子抜けした感じだった。

要するに、高視次第、ということなのだろうか。

それにしても「やり残した仕事」というのは何だろう？　黒江は聞いたことがなかったし、特に何かしている様子もなかったけれど。

館ではなく、宮中にいる時に進めている仕事でもあるのだろうか……？　歴史に埋もれた、古い歌や舞いを発掘しているとか？

ほうけた顔の黒江に、千弦が少しばかり意地悪い表情で微笑む。

「とはいえ、高視自身は逃げまわるかもしれないな。ヘタに責任のある、難しい仕事をやりたくはなさそうだしね。今くらいの仕事が気楽でいいのかもしれない。うらやましいよ」

さらりと指摘され…、皮肉ともとれる言葉ではあるが、そんな口調でもない。むしろ、少し拗ねた口調にも感じられる。

……まあ確かに、どう考えても、千弦の立場の方が責任は重い。

「ところで、こちらからも少し頼みたいことがあって来てもらったのだが」

「あ、はい」

思い出したように言われ、黒江もしゃきっと居住まいを正す。

わざわざ呼び出したということは、もちろんそれなりの用があってのことだろう。

「今、君には神宮の遷宮の準備で来てもらっているだろう？」

「はい」

真剣な表情で、黒江もうなずいて返す。

そのための手伝いなのだ。

「実は、その神宮の方で不正の疑いがある」

「不正……ですか？」

淡々と口に出された言葉に、さすがにとまどって黒江は聞き返してしまった。無意識に目を瞬かせる。

「そうだ。神宮には毎年、国から莫大《ばくだい》な予算がつけられている。が、それを不正に流用している者がいる、という匿名《とくめい》の密告があったのだ」

「密告……」

思いの外《ほか》、重大な内容に、黒江はわずかに息を呑んだ。

「真偽のほどは、まだはっきりとしない。なにしろ、神宮というところはこの月都の中でも特殊な場所だからな。外からはなかなか調べにくい。かといって、公式に事情聴取をすれば、向こうに気づかれて証拠を消されてしまう可能性もある」

千弦の言葉に、軽く唇をなめ、黒江はうなずいた。

「さらには、不正を働いている者が一人とは限らない。いや、むしろ一人でできることとは思えないのだ。何人か、仲間がいるはずだ。その全容をつかんでから、一気に捕らえたいのだが」

それは理解できる。だが。

「それで…、私が何のお役に立てるのでしょう？」

黒江はとまどったまま尋ねた。

神宮へは、打ち合わせやら、問い合わせやら、備品のチェックなどで何度か出入りしたことはある。あちらの担当の祭司とも顔見知り程度のつきあいはあるが、しかしそんな深いところを探れるほど親しくはない。

「このようなことは、本来東雲家の人間である君に頼むべきことではないと思う。だが、直接私の配下の者を送りこんでも警戒されるだけだ。東雲家はもともと祭事との関わりもあるし、神宮庁とのつきあいも深い。疑われずに潜入できると思うのだが」

「潜入……？」

千弦の言葉に、黒江はわずかに目を見開いた。

「そう。二十年に一度の遷宮の儀式では、ちょうど今年二十歳になる者が二十人、巫《かんなぎ》として、その随《ずい》行《こう》の役目を負う。男が十人、女が十人でね。知っているか？」

「はい。資料で拝見しました」

その巫を集めるのは神宮の方の、祭司の仕事だったので、黒江自身は関わっていなかったのだが、進行関係の書類で見たことはあった。

「黒江、君は今年、二十歳だろう？」

「あ…、はい」

静かに問われて、黒江は目を瞬《また》かせてうなずく。

そう、そういえばそうだ。

「では…、その、私がその巫として神宮に入る、ということでしょうか…？」

そこまで言われれば、察しはつく。

「そうだ。神官たちにしてみれば、二十歳であれば誰でもいい、というわけにもいかない。神に仕える者だからね。なかなか人数を集められないようで、今、ずいぶんとあちこちを探しているようなのだ。東雲家に仕えている君なら身元も確かだし、あちらの条件にも合うと思うのだが」

「条件、というのは……？」

おそるおそる、黒江は聞き返した。

役目の難しさは想像できるし、自分にできるのだろうか、という不安はある。しかしここで手柄を立てることができれば、間違いなく高視にもプラスになるはずだった。

「細かいことを言えばいろいろとあるはずだが、……まずは純潔であることだ」

「えっ？」

さらりと真顔で言われて、黒江は思わずうわずった声をあげてしまった。

――純潔……、というのは、つまりそういうこと……なのか？

頭の中でぐるぐると考えてしまうが、他に意味はないだろう。

「君は女性の経験は？　あるいは、すでに誰かの手がついているということがあるだろうか？　まあ、君くらい可愛らしい容姿であれば、高視が手を出していても不思議ではないが」

「と…とんでもありませんっ」

さらりとあたりまえのように言われて、跳び上がるように黒江は否定した。

「そんな…、館の者に手を出されるような方ではありませんっ」

「そうだな」

とにかく潔白を訴えなければ、と勢い込んだ黒江に、あっさりと千弦がうなずいた。

「君も宮廷で働いていれば誘いが多くあったと思うが、瑠璃の館にいたことは幸いだった。それとも他に、相手がいたことが？」

事務的な調子で聞かれて、ふっと、頭の中をゲイルの顔がよぎる。瞬間、カッ、と頬が熱くなるのを覚えた。

「い…いません……。そんな……」

とっさに顔を伏せて、小さな声で答える。

「ならば、他の条件は問題ないと思う。実は神宮の方から、君はどうかという問い合わせが典礼院にあったようでね。高視の方からは、君がよければ、という返事をもらっている。……どうだろう？行ってもらえないだろうか？」

「いやぁ、助かりましたよ、黒江さんがいてくれて」

ホッとしたように表情を崩したのは、橘《たちばな》という名の祭司だった。

千弦が言っていたように、神宮というのは王宮内でも他の政務関係の部署とはかけ離れた、独特の存在である。

神の領域なのだから、当然とも言えるのだが。

神宮――正式には、神宮庁という名称になるはずだが、たいていは神宮とだけ呼ばれている。

節目節目にある祭事の一切を取り仕切り、有事や大きな天災が起こったような場合には祈禱《きとう》し、神の加護を得る。むろん、日々の安寧《あんねい》の祈りもその役目である。

また天候の分析や予測をし、天文、暦に関する研究も行う部署でもあった。

祀《まつ》られているのは、月ノ宮司家の始祖とされる月神である。

伝説によれば、世界を作った万能神のもとへこの地の地霊の娘が嫁ぎ、生まれた子供がその月読《つくよ》みの神だ。

天啓を受け、遣わされた守護獣の助けを得て、国を切り開いた――とされていた。つまり、今の王族は神の子の系譜ということになる。……まあ、伝説上、ということだが。

◇　◇

神宮には数十名の祭司や巫女たちと、そして三名の祭主が専任されていた。その三名の合議制によって、神宮のあらゆることが決定されている。

三人の祭主というのはそれぞれに世襲であり、古い時代に月ノ宮司家から派生した家系だった。何代かに一人は王族が嫁ぐこともあるので、血縁でもあり、姻戚《いんせき》関係にもなる。

基本的に政治とは切り離されており、国事を動かす権限はないが、王族をはじめ、国民の信仰は厚く、尊ばれていた。

とりわけ「神の声」と呼ばれる、天候の予想や、吉凶の占いなども行っており、その告知は国民に与える影響も大きい。王といえども、その発言力を無視することはできなかった。

広大な王宮の、西端の離れと東端の離れに神殿があり、二十年ごとに神がその住まいを変える。

それが、遷宮の儀式である。

一般に開放されている儀式ではないが、王族や貴族たち、廷臣たちは参列することになっている。伝統的な、大きな儀式だ。

つまり、二十年ごとに神宮庁がおかれている場所も変わるということであり、神だけでなく、そこで仕える人間たちの引っ越しでもある。

もちろん、使われていない神殿もそれなりに手入れはされているが、本格的な引っ越しとなると、さすがに大がかりなものだ。

今回は、西の神殿から東の神殿へと移ることになる。

儀式の終了していない現在では、まだ西の神殿に神宮庁はあり、黒江も用がある時にはそちらへ出向いていた。

そして正式に巫として指名された者たちも、西の神殿に招集されている。儀式が終わるまで、神殿の宿舎に寝泊まりし、進行やそれぞれの役割、そして心構えなどの教授を受けるのだ。

すでに儀式の日は近づいており、黒江は千弦から話を聞いてすぐに、身のまわりのものだけを持って、神殿へ移ることになった。

出迎えてくれたのが橘たち、少しばかり典礼院の仕事で顔馴染《なじ》みになっていた祭司だった。

「本当に最後の一人がなかなか見つからなくて。そしたらこの柊《ひいらぎ》が、そういえば黒江さんはおいくつだろう？　って言い出して、あっ、て思ったんですよね。ちょうど二十歳だっていうので、もうこれは黒江さんに頼むしかないって。や、黒江さんだったら間違いないだろうし。ホント、よかったですよー！」

満面の笑みを浮かべ、抱きつかんばかりに黒江の手をとって、橘が唾を飛ばす勢いで声を上げて歓待してくれる。

神官にしては、橘はかなり話し好きで陽気な男だった。愛嬌《あいきょう》のある顔立ちで、人当たりもいい。

橘と並んでいた柊が、その言葉に続いて軽く頭を下げる。

「突然のお願いで申し訳ありませんが、どうかよろしくお願いいたします」

こちらは、橘とは違ってふだんから物静かな男だった。必要なことしか口を開かない、といったタイプのようだ。

二人とも三十前後といったところだろうか。祭司としては十年目ほどで、そろそろ中堅というくらいかもしれない。

「いえ…、私でお役に立てれば」

恐縮して頭に手をやりながらも、黒江はそっと柊の表情を盗み見た。

千弦から聞いている「不正を働いている容疑者」が、この柊だった。

確かに、柊は経理担当の一人で、物品の購入やら、業者とのやりとりに関わっている。とはいえ、確かな証拠は何もなく、黒江がそれを探らなければならないのだ。

しかしこんなふうに感情が見えない相手では、それもなかなか大変そうに思える。

その千弦から言いつかった仕事にばかり気がまわっていたが、考えてみれば、どういう経緯であれ、巫を仰せつかったのだ。儀式の方もきっちりと滞りなく、やり遂げなければならない。そちらはそちらで、覚えることは多いのだろう。

儀式まで、あと十日ほど。

かなり大変な仕事になりそうだった。

この日は他の巫たちや、祭司たちとも顔合わせをし、それから夕食をとって、与えられた部屋へもどる。

それぞれの神殿には、近くに祭司たちの宿舎が構えられており、……考えてみれば、神殿で働く祭司たちも、神様のお引っ越しに合わせて、自分たちも移らなければならないのだ。二十年に一度のこととはいえ、なかなかに面倒だ。

その宿舎の一棟が、巫たちにも割り当てられていた。大部屋ではなく、それぞれ個室が与えられていたので、そのあたりはありがたい。

一人になると、ようやくホッと落ち着いて息をついた。

何もかもが突然のことだったので、まだ微妙に頭の整理も、気持ちの整理もついていない。自分がここでやるべきことを、しっかりと把握しておかなければならなかった。

それにしても、高視には問い合わせが行っていたようだし、千弦からも連絡は行ったはずだが、結局、ゲイルとは顔を合わせる間もなく、こちらへ移ってきてしまった。一応、言伝《ことづて》はしておいたのだが、……少しは心配してくれているだろうか？

ふっと、そんなことを考える。

あるいは口うるさい自分がいなくなって、のびのびとやっているのだろうか。

実際…、夜は黒江と二人部屋というのが窮屈なのか、ゲイルが部屋にもどってくるのは微妙に遅い。たいてい、黒江が眠ったあとだった。

宮中で適当に女を引っかけているのか、と思うと腹が立つが、自分が吐き出してしまったことでもある。

しかしゲイルも東雲家からの派遣なのだ。高視様のご迷惑にならないようにしてくださいね、と嫌みっぽく言うのがやっとだった。

それに、典礼院で働いていた時には黒江からゲイルにあれこれと仕事を回していたのだが、自分がいなくなったら、誰か他にゲイルに仕事を与えることができるんだろうか？

使い走りとか、力仕事とかしか指示を出せない気がして、そんなふうに他の人間に、ゲイルを顎で使われるのは、妙にしゃくに障る。

自分がいられないのなら、ゲイルは瑠璃の館に帰れるようにしておけばよかったな…、とちょっと後悔した。

それとも、せっかく他の守護獣たちと交われる機会なのだ。もう少し、ゲイルも王宮にいたいだろうか。

だが黒江がいないのをいいことに、仕事をサボって遊んでいるようだと、それはそれで主である高視の評判を落とす。

やはり明日にでも高視に連絡をして、ゲイルを引き取ってもらおう、と心に決めた。

神殿はやはり聖域になるので、立ち入りはある程度、制限されている。神殿を含めたこの宿舎や、いくつかの付属の施設のまわりには取り囲むように石塀がめぐらされ、定期的に宮中警備の兵が回っていた。

黒江にしても、外出を止められているわけではなかったが、日程が迫っている都合もあっていろいろと覚えることが多く、また儀式の三日ほど前になると潔斎に入ることもあり、外へ出る時間はないだろう、と言われていた。

つまり千弦への報告も、儀式が終わってから、ということになる。

儀式が終わってしまえば、黒江もそれ以上は調べられなくなるので、それまでにできる限りの調査をしておかなければならない。実際、外へ出る余裕などはないだろう。

それでも、手紙くらいは言付けられるはずだ。

とっぷりと夜も更けて、さすがに神殿は王宮の敷地内とはいえ、かなり中心から離れたところにあるので、窓の外もうっそうとした木立で、もの淋しい雰囲気だった。

これまでは王宮の中の宿舎だったから、夜でも廊下や庭先に官吏や兵士たちの人通りはあった。そこそこ物音や話し声は聞こえていたのだ。

ゆうべまで……王宮の中では、ゲイルと同室だった。ドキドキして、朝方もイビキがうるさくて、それでも安心していられた。

それだけに、一人になると急に心細くなってしまう。

……いや。こんなことでは、とても千弦様の役には立てないし、高視様の評価を上げることはできない。

よしっ、と気持ちを奮い立たせるように声を出して、少ない手荷物を片付け、寝巻きに着替えた時だった。

ふいにコツコツ…、と背中で物音がして、黒江は怪訝に振り返った。とはいえ、もちろん、他に誰もいるはずはない一人部屋だ。

気のせいかとも思ったが、やはりコツコツ…コツコツ…、と音は続いている。

まさか幽霊…？　と、一瞬、心臓が縮んだが、それでも意を決して音のする窓際に近づいた。

おそるおそる薄いカーテンを開いてみる。――と。

薄闇《やみ》の中、ガラス戸の向こうに、よっ、と片手を上げてゲイルが立っていた。

めずらしく自分の目線より下に見えるのは、一階ではあったが、黒江のいる宿舎の床がかなり高い位置にあるかららしい。妙に新鮮な眺めだ。

しかし……驚いた。

神殿なのだ。誰でも勝手に入っていいわけではない。

そう、王族でさえも、出入りには司祭の許可がいるはずだ。

「な…、どうしたんですか…っ？」

あわてて窓を開け、高い声を上げそうになったのをなんとか抑えて、吐息だけで問いただす。

隣の部屋には同じ巫の役目を負う男がいるはずで、さすがに見つかるとまずかった。

ゲイルが正式な許可をとって、神殿に来ているとはとても思えない。理由がつけられる用はないだろうし、正式なものなら、こんなふうに庭先から声をかけてくるはずもない。

つまり、忍びこんだ、というわけだ。

「おまえこそ、急だったたな。こっちに移ったって聞いたからさ」

……心配して、来てくれたのだろうか？　わざわざ……？

「その…、特別な役目をいただいたので」

「ああ。聞いてる。一位様からだろ」

どこまで話していいのかわからず、いくぶん口を濁《にご》すように言った黒江に、いかにも渋い顔で、ゲイルが低く吐き出した。妙に不機嫌だ。

「無理すんなよ。十分、気をつけろ」

めずらしく真剣な顔で言われ、ちょっととまどいつつも、黒江はちょっと微笑んで返した。

「期待に添える結果が出せるかはわかりませんが、そんなに危険があるわけじゃありませんから。神殿ですしね」

兵士や盗賊相手ではないのだ。剣を交えて戦うようなことではない。

「わかんねーだろ、そんなこと」

むっつりと吐き出してから、額に似合わない皺をよせる。

「なるべく一人になるなよ。それと、誰でも信用してホイホイわからないところについていくな」

そんな言葉に、どっちなんだ、と黒江は思わず苦笑してしまう。

それでも、妙に心の中が温かくなった。

「意外と心配性ですね」

「俺はいつだっておまえのことは心配してるぞ」

短くため息をつき、それでもニッと、いつものようにいたずらっぽい顔で笑ってみせた。

「まぁ、何かあったら、すぐに来てやるけどさ」

ふいに太い腕が伸びてきたかと思うと、ガシガシと黒江の頭を撫でる。

「あ……」

そんな何気ない言葉が、なぜか沁みるように胸の奥に残った。

男のその指がするりとうなじをたどり、首筋に触れてから、どこか名残惜しそうに離れていく。

「神殿の中ですよ……？」

妙に気恥ずかしく、少し視線を外すようにして、黒江は口の中でうめいた。

「こうやって、来てんだろ？」

にやりと笑って言われ、ちょっと胸の奥が疼《うず》くようなうれしさを感じるとともに、困惑もしてしまう。

「それが問題なんですよ。許可をとって入ってきてるわけじゃないんでしょう？」

いくぶん厳しい表情を作って見せた。

「まさか」

「見つからないようにしてくださいね。その…、高視様にもご迷惑がかかることですから」

「わかってるって」

ゲイルが軽く指を絡《から》めるようにして、窓枠にかけられていた黒江の手を握り、そしてポンポンと軽くたたく。

「まあ…、じゃ、がんばれよ」

どこか思い切るようにそう言うと、ゲイルがゆっくりと闇の中へ消えていった。

黒い影が完全に見えなくなるまで、黒江はじっとその背中を見送る。

あっ、と思い出したのは、それからしばらくしてからだった。

瑠璃の館に帰るようにと、今、ゲイルには言えばよかったのだ——。


翌日から、黒江は他の巫たちと一緒に、祭司たちにともなわれて朝の祈りから神殿での神事に参加した。

祭司たちが引っ越し作業に追われているため、代わりに日々の行である神殿の掃除などもこなし、同時に儀式の準備なども手伝った。

巫として集められた他の男女とはたいてい一緒に行動することになり、同い年だけあって、それなりに打ち解けて話すようにもなる。

身元が確かな、ちょうど二十歳の男女を集めるというのもなかなか難しいらしく、まずは王族や貴族の子弟から候補を挙げ、それを重臣や臣下たちの子弟や親族へと広げ、さらには軍人たち、その親類縁者へと探していく。

巫としての役目を務められるのは名誉なことではあるが、こんなふうに男女が同じ場所に集められるため、仮に年齢が合ったとしても王族や貴族たちは娘を出すのを嫌う場合も多い。軍であれば若者も多く、ちょうど二十歳の者も何人かいるはずだが、やはり血気盛んな気質もあり、いまだ女を知らない――あるいは男であっても――という者は少なかった。

そんな中でなんとかかき集められたのは、貴族の二男、三男、ふだんは地方に住む重臣の親類の娘、上級官吏の親類縁者というあたりが一番多く、あとは出入りの商人の子弟や、黒江のように名家に仕える者たち、というところだろうか。

純潔が求められる、と千弦には言われたが、結局のところ、自己申告である。何気ない会話をしていても、怪しいどころか、実はな、とどこか自慢げにぶちまける者もいるくらいだ。

どうやら、その条件は比較的緩いようだった。神事なのに、バチが当たらないのかな…、とちょっと思ったりもするのだが。

同い年の男女ということで、なかばお見合いめいている部分もあるらしい。あわよくば、という感じだろうか。

黒江のような使用人の身分では、女たちは洟《はな》にも引っかけないようだが、貴族の息子や大商人の息子たちには、あからさまな秋波が送られている。逆に男たちからしても、身分が確かな貴族や上級官吏の娘が多いということで、おたがいに牽制《けんせい》し合うようにして将来の相手を探しているようだ。

もちろんいい仲になったからといって、さすがに儀式が終わるまでは清い関係でいなければならないはずだが。

ターゲットを定めた者たちは、掃除や儀式の勉強などにさりげなく相手を誘い、なるべく一緒に過ごす時間を作るようにしているようだが、黒江はそんな輪から外れて、積極的に祭司たちの仕事を手伝っていた。

もちろん、千弦に頼まれた任務を果たすためだ。

もともと典礼院での仕事で神殿へも出入りしており、内容的にも通じていることで仕事はしやすく、ずいぶんと黒江は重宝された。

「マジで仕事が追いついてなくて、ここ二日くらい、俺、ほぼ徹夜だからなぁ…」

目をしょぼしょぼさせ、あくびを嚙み殺しながら橘がぼやく。

この日、黒江は神殿内の祭司たちの控え室の整理を手伝っていた。

儀式の日から東の神殿にすべての機能が移るので、それまでにあちらを準備しておかなければならない。しかし儀式の朝までは、こちらの西の神殿で仕事はある。ということで、あらかじめ移していいものと、残しておかなければならないものとの仕分けが大変なようだった。

「でもホントに助かるよ、黒江さんが来てくれて。巫が見つからないのも真っ青だったけど、おかげで儀式の方も何とか間に合いそうだし。……な、柊」

「ええ、本当に助かっていますよ」

同僚の言葉に、にこりともしないまま柊がうなずいて、じっと黒江を見つめてきた。

まだたいした調べもしていないので、バレているはずもないのだが、黒江はわずかにうつむいて、その視線を避けた。

感情が顔に出ない柊は、実際、調べるにはなかなか手強い相手だ。隙もなさそうだし、どこから攻めればいいのかわからない。

こんな二十年に一度の儀式で、あちこちとあわただしい中、ぽろっと何かボロを出してくれるといいのだが。

「いえ…、典礼院でお手伝いさせていただいていたので、その分、こちらでの仕事がわかっているからですよ。儀式についても、概要や進行はもともと頭に入ってましたし」

二人が分類し、床に積み上げていたものを木箱に詰める作業を手際よく進めながら返した黒江に、ハハハ、と橘が朗らかに笑う。

「典礼院のヤツには恨まれてるみたいだけどな。うちが横からかっぱらった、って」

「でも、あちらの作業はもう終盤でしたから。これからはこちらの…、神殿での作業がピークになるところでしょう」

「そうなんだよなー…」

あぁ…、とうめくように橘がため息をついた。

「橘さん、あなたも口と同じくらい手を動かしてください。黒江さんの方が動いていますよ」

ぴしゃりと横から柊に叱られ、はいはいっ、とあわてたように、柊が動き始める。

と、その時だった。

「——あ、いたいた。すみません、これのチェック、お願いできますか？ ……あれ、黒江。ここにいたのか」

戸口から顔をのぞかせたのは、黒江と同じ巫の役目で神殿に来ている男だった。

深守《みかみ》という名で、確か、中務院に勤める上級官吏の息子だ。中務院は国王に従事し、公式の書類を作ったり、事務一般を務める部署である。

出自もよく、体格にも恵まれ、なかなか男ぶりもいい深守は、集まった女性の巫たちの格好の獲物になっているようだった。本人もそれを意識はしているらしく、しかしさりげなく受け流していて、少しばかり他の男たちの嫉妬《しっと》を買っているらしい。

しかし自分の意見や考えをはっきりと口にする方で、同い年の男たちの中でも主導権をとれる男だった。それだけに、儀式の進行などについて、祭司たちも深守に任せている仕事は多いようだ。

儀式では、神が乗る神輿《みこし》に二十人の巫たちが随行するわけだが、その位置や順番がかなり重要らしい。先頭を行くものがもっとも栄誉とされ、もちろん、列席する王族や重臣たちの目にも、誰よりも目立って見える。……ひいては、先々の出世にも影響する、ということだ。

基準は、まずは見栄《みば》えがいいこと、であり、それに生まれがよければ申し分ない。

その筆頭が発表されるのは儀式の当日だが、おそらくこの深守だろう、と目されていた。深守にしても、その自信と自負はあるようだ。

深守は黒江と同じ、青色の作務衣《さむえ》を長くしたような作業着を着ていた。

祭司たちが身につけているのも、男女ともにやはりそれと同じ形の灰色の制服で、橘は短めの髪だったが、柊はまっすぐな長めの髪を上の方で一つにまとめている。柊だけでなく、どうやら髪の長い者は男女問わずみんな同じ髪型で、神宮では暗黙の了解といった形なのかもしれない。正直、後ろ姿だけでは見分けがつかないことも多い。

「ああ…、ありがとう」

近くにいた柊が顔を上げ、差し出された書類を受けとった。

柊がそれを確認している間、深守がちらっと黒江を眺めて顎を撫でた。

「なんだよ、黒江。おまえ、こんなところで点数稼ぎか？」

皮肉な言葉に、黒江はあわてて手を振った。

まったくそんなつもりはなく、ただ……役目を果たすために、祭司たちの近くにいるだけだ。

「そんなつもりはないよ」

あせった黒江の様子に、深守が肩を揺らすようにして大きく笑う。

「わかってるさ。逃げてるんだよな。女たちに、黒江はどこにいるの、って、よく聞かれるぞ？」

「まさか。私なんか、相手にされてないでしょう」

苦笑した黒江に、深守が大きく目を見開いてみせる。

「何言ってるんだ。結構な人気だぞ？　黒江くん、カワイイーって。初心《うぶ》そうなのもいいのかな。東雲家に仕えているのなら、将来的にも安泰だしさ」

「ああ…、だったら、高視様狙《ねら》いってこともあるのかもしれないな」

ちょっと首をかしげて、黒江はつぶやいた。

自分を通して高視の目にとまれば、もしかすると妻の座が手に入るかもしれない。そうでなくとも、愛人くらいにはなれる可能性がある、と。

男の宮廷人たちからは、嫉妬や羨望《せんぼう》もあって陰口をたたかれることが多い高視だが、宮中の女たちの間では、高視と噂になるのはやはりかなりのステイタスでもあるようなのだ。

「初心そうって、みんな初心でなければ困るんですけどね」

聞きつけたらしい柊がわずかに眉を上げ、ぴしりと指摘する。

まったくその通りではあるが、黒江にしても、この深守にまだそっちの経験がない、とは、正直思えない。

ヤバイ、というように、深守がわずかに首を縮め、ちらっと助けを求めるように黒江を眺めてくる。

が、黒江にどうにかできることではない。

と、橘が横でうひゃひゃひゃひゃっ、と笑い出した。

「でもやっぱり、そうなるよなぁ…。ていうか、女の方が初心そう、って値踏みするようなら、そっちの方がヤバイかもな。ま、けど、そのへんは目をつぶらないとな」

短くため息をついた柊に、深守があわてて話を変えようと、思いついたように口を開いた。

「あ、そういえば……前回の遷宮の儀式の時って、何かあったんですか？」

その言葉が出た瞬間、いきなり空気が凍りついたような気がした。橘と柊の間で、だ。

言った深守もとまどった様子を見せたが、黒江も、え？　と思う。

「何か……？」

おそるおそる、深守が柊と橘とを見比べる。

「二十年前な…」

うなるように口の中でつぶやくと、橘が側にあったイスを引きよせてすわりこんだ。そして頭をガシガシと掻く。

「おまえ、どこでそれを聞いたんだ？　二十年前なんか、まだ生まれてないだろう？　つーか、生まれたばっかりか？」

「ええと…、いや、何かあったみたいだ、って噂で聞いたヤツがいただけなんですが。まわりの誰かが、二十年前にあんなことがあったから、今回の遷宮は何としてもつつがなく執り行わなくちゃいけないとかなんとか言っていた、って」

あー…、と橘が低くうなる。

「前回の遷宮の時……？」

まったく聞いたことのなかった黒江は、口の中でつぶやいて小さく首をかしげた。

まあ、王宮に暮らしていたわけでもないから、そのあたりはうといのだろう。

「そのことは、この神宮では口にするのはタブーとされている事件なのですよ」

静かに柊が口を開き、その冷ややかさに一瞬、ビクッとする。

「タブー？」

ゴクリと唾を飲み、深守が小さく繰り返す。そして思い切るように口にした。

「その、聞いていいですか？　気になったままだと、仕事に集中できないですし。聞いちゃいけない人に聞いてしまいそうですから」

そうはっきりと聞けるあたりが、やはり自分への自信だろうか。

仕方ないな、というように肩をすくめ、橘が言った。

「俺たちだって、まだこの神宮へ来る前のことだからな。親や先輩たちに聞いただけの話だけど」

そんな前置きに、黒江は思わず息をつめて身を乗り出してしまった。

「二十年前…、この神宮で神に仕えていた巫女の一人が、時の皇子の一人と恋仲になったそうですよ。祭主の信頼も厚く、とても美しい方だったそうですが」

柊があとを続けるように静かに口を開いた。

「巫女……ですか」

深守がわずかに眉を寄せる。

「ええ。月読みの巫女です。私たち神官の中でも、特別な存在ですよ」

月読みの巫女については、黒江も知っていた。

神殿には、神の声を聞くための巫女たちが存在する。

細かいところはわからないが、月が欠け、次に満ちるまで、一人の巫女が神への祈りを捧《ささ》げ、そのお告げを聞く役目を負う。巫女たちはその役目を交代で行うので、何人かはいるはずだ。

ふだん、神殿の奥の方——正確には高い方、だ——にいるため、あまり人前に姿を現すことはないとされていて、黒江たちも遠くから行き交う姿を眺めたくらいだったが。

とはいえ、遷宮の際にはやはり神と一緒に引っ越しをするので、どこかで垣間見るチャンスはあるのかもしれない。

選ばれた、神の花嫁たち。

「他の巫女たちとは違う。当然、絶対の純潔が求められるわけだ。男の存在なんか、あってはならない。しかも、相手が皇子とはな」

ため息混じりに、橘が言葉を押し出す。

知らず黒江は深守と顔を見合わせた。

つまり、遷宮の日に随行するだけの巫とは話が違う、というわけだ。

「恋心が抑えられず、二人は二十年前の遷宮の混乱を狙って駆け落ちを計画した。だがそれを見とがめられ、遷宮の日の明け方、その皇子は神官の一人を殺して、その巫女と二人で逃亡したんだ」

「こ…殺して……？」

想像もしていなかった展開に、黒江は思わず目を見張ってしまった。

知らず、ぶるっと背筋が震える。

そんなことが二十年前にあったとは。

「それは……、とても信じられないような醜聞《しゅうぶん》ですね……」

さすがに顔色をなくし、かすれた声で深守もつぶやく。

「あってはならない事件ですよ」

厳しい表情で、柊がつぶやく。

「ああ。だから、神宮だけでなく、王宮内でもこの話はタブーとされているんだな」

それに、橘が続けた。

「そういえば、かなり昔に事故死したとされている王族がいたんですよね。確か……俺たちが生まれる前」

思い出そうとするみたいに眉を寄せてつぶやいた深守を、柊がキッとにらみつけ、ぴしゃりと叱った。

「それ以上、言ってはいけません」

「す、すみません…」

さすがに深守が口をつぐむ。

「まぁ、そんなわけで、もちろんその事件は公にならないように処理されたが…、人の口に戸は立てられないからな。前回の遷宮の儀式も不浄なものになってしまったわけだ。だからこそ、今回は完璧にやり遂げる必要がある」

橘がなかば宣言するように言った。

「それだけ、祭主様方も万全を期しているのですよ。——さ、いいでしょう。この順番で進めてください」

柊が話を打ち切るように言うと、手にしていた書類を深守に返した。そして、黒江に向き直ってうながしてくる。

「そろそろ昼食の時間です。もうここはかまいませんので、食堂の方で準備を手伝ってあげてくれますか？」

「あ…、わかりました」

うなずいて、黒江は深守とともに控え室を出た。

無意識に息苦しさを感じていたのか、外へ出て大きく息をついてしまう。

深守も同様だったようだ。

「すごいな…。びっくりしたよ」

そして、ちらっと黒江の顔を見るようにして、深守がどこか興奮したような表情を見せた。

すごい、というより恐ろしい話だが、確かにそんな大きな事件は、今まで耳にしたことがなかった。

もっともそんな王家の体面に関わるような大事件であれば、万が一、起きたとしても、黒江などの知らないところで秘密裏に処理されているのだろう。

その、二十年前の事件同様に、だ。

もっとも、今回黒江が探っている不正問題などもあるわけで、神殿といえどもずいぶん生臭い場所だな…、とちょっと意外に思ってしまう。

「確か……、将朝《まさとも》様って皇子だったかな？　事故死扱いになってる人。現王の弟の一人だよな。結構、剣の腕が立つ人だったみたいだけど。ああ…、だから、勢い余って殺してしまったのかもな」

どこかおもしろそうに深守が口にする。

「そうなんだ……」

聞いたことのない名前だったが、黒江も小さくつぶやいた。

もちろん興味本位に話すようなことではないが、さすがに二十年も昔の話で、自分たちにとってはまったくの他人事だ。

王族の醜聞ともなると、下世話な興味を持つのも仕方がないのかもしれない。

やはり華やかに見えても、広大な王宮の中、いろんな事件が起こってるんだろうな…、とこの時、黒江は本当に他人事としか受け止めていなかった――。

◇　◇

それからあとも、黒江はなんとか柊の隙を見つけようと、あれこれと頼まれるまま、祭司たちの仕事を手伝っていた。

祭司たちにしても、気持ちよく頼まれてくれ、また手際もよく有能な黒江をいくらか当てにするようにもなっているようだ。あちこちから声をかけられることが多くなっていた。

他にも仲間がいる可能性がある、ということもあり――つまり集団での犯行ということだ――、黒江としても、神宮で働いている祭司たち、それぞれの人物を見極めるいい機会でもある。

とはいえ、やはり突破口は柊だ。

柊の私室か…、あるいは仕事場である詰め所へ潜り込めれば、何か見つけることもできるだろうか？

そんなことを計算しながら、注意深く観察し、何気なく柊に近づいてみるのだが、なかなかにガードが堅い。

片づけのお手伝いをしましょうか、と黒江が声をかけても、

「いえ、私の方は大丈夫ですので、橘さんや他の方を手伝ってあげてください」

と、さらりとかわされる。

やはり後ろ暗いところがあるせいかもしれないが、性格的なものもあるのだろう。

もともと柊はきっちりしている性格のようで、確かに橘の方がそういう整理や、片付けも苦手そうなのだ。

「悪いな。あいつ、ちょっととっつきにくい感じで。仕事はできるんだけどな」

結局、橘の机まわりを片付けるのを手伝う黒江に、同僚を横目にしつつ、橘が苦笑いする。

「柊さん…、親しい方はいらっしゃらないんですか?」

さりげなく、黒江はそんなことを尋ねてみた。

直接当たれないなら、まわりから攻めるしかない。とりあえず橘は話し好きなので、噂話などは仕入れることができる。

「神官の中で? さぁ…、どうだろ? 一人でいることが多いけどな。……おっと」

首をかしげて答えながら、橘が引き出しごと机から取り外し、中のものを机の上にぶちまけた拍子に、鍵《かぎ》の束が床へ転がり落ちる。何カ所もの鍵を任されているのだろう、かなりの数で重そうだ。マスコット代わりか、一緒についている三日月の浮き彫り《レリーフ》が橘に似合わず——というと申し訳ないが、しゃれている。

「ああ、悪い。……なに？　あいつに気があるの？　黒江さん」

拾って渡した黒江に軽く礼を返し、橘がにやにやと意味ありげに笑った。

「いえ、まさかそんな。でも、……ええと、柊さんに憧《あこが》れている子がいて。ちらっと聞かれたものですから」

黒江はあわてて、そんな言い訳を口にする。

「えー、あんな無愛想なのがイイのか？　……そうだなぁ、まあ、俺なんかは部署が同じだからよく話す方だぜ？　ああ、あと、朔夜《さくや》様とは時々、一緒にいるところを見るかなあ。ま、仕事の関係でってこともあるんだろうけど。そういや、たまに囲碁の相手をしてるって言ってたっけか」

「朔夜様…、ですか」

三人いる祭主のうちの一人だ。

あとの二人、天満《てんま》が五十代後半、そして初魄《しょはく》が四十代なかばくらいだっただろうか。その二人と比べると、朔夜は代替わりしたばかりなのか、かなり若く、まだ三十前後だった。

黒江は一、二度しか見かけたことがなかったが、何というか、祭主として……いや、そもそも神官として、かなりの異彩を放っている人物だ。

豪快で変わり者、というのだろうか。

神官というよりは武官と言った方が似合う、かなり体格のいい男で、黒江は内心、ゲイルと張るくらいだな…、と感心したくらいだ。

実際、神殿内で初めてその姿を見た時には、目を疑った。わずかに赤みがかった髪を立て、まとっている衣装も赤や青、紫といったかなり派手なもので、実際、ほとんどが白とグレーで埋め尽くされている神殿内では、そこだけ浮きまくっていた。

神のおわす場所だけに、常に静謐《せいひつ》であるべき神殿だが、朔夜は声も大きく、豪快な笑い声が幾重にも反響して、どこにいてもすぐにわかる。

祭司たちとは違い、三人の祭主は世襲制である。天満、初魄、朔夜、という名前ごと、引き継がれている。

朔夜は、一昨年《おととし》、父親である先代の「朔夜」が亡くなったのを受け、あとを継いだばかりのようだった。

「相変わらず辛気くせぇ場所だな…」

と、神殿内で平然と暴言を吐いていたくらいだから、本人の意志とは無関係に、なのだろう。家業だから仕方なく、というところか。

どうやら年配の二人の祭主からは、しょっちゅう小言を食らっているらしい。

祭主たちの執務室は神殿内にあり、屋敷も敷地内にはあるが、古くから続く名家だけに、本邸というのか別宅というべきか、都の中にも壮麗な館はあるようだ。もっとも今のように重要な儀式の際には、こちらの屋敷に泊まりこんでいるはずだった。

だがそんな朔夜が、柊を相手に囲碁、というのも意外だった。いかにも、合わなさそうな二人に思えるのだが。

「おもしろい組み合わせですね」

そんなふうに首をかしげた黒江に、橘が指先で頬を掻きながら、いくぶん決まり悪げに答えた。

「まあ、なんつーか、柊は誰に対してもああいう顔だろ？　朔夜様相手でも、感情を出さずに受け流せるっていうか、相手になってられる。だから、他の祭主様にしても、俺たちも、朔夜様が来たら柊に相手を押しつけてるってとこがあるのかもな…」

「なるほど…」

そう言われれば、納得できる。

「つーか、巫で来てる女の子、やっぱりカワイイ子が多いよなぁ…。な、俺のこと、言ってる子はいないの？」

わずかに身をよせるようにして、橘がこそっと聞いてくる。

「どうでしょう」

黒江としては愛想笑いで返すしかない。

「俺もそろそろ本腰入れて嫁さん探せ、ってお袋に言われてるしさ…。ホント、いい機会なんだよなー。こんなふうに女の子を一度にたくさん比べられるのって」

比べるのか…、といささかあきれたが、まあ、男の本音かもしれない。

祭主もだが、祭司たちも普通に結婚はできるし、結婚すれば中の宿舎ではなく外から通えるようにもなる。そういう意味では、早く結婚したいのかもしれなかった。神宮の中に暮らしていれば、否応なく、当番などの雑用も多く回ってくるようだし。

「女性の祭司の方もいらっしゃるでしょう？　神官同士でご結婚されている方が多いんじゃないんですか？」

何気なく、黒江は尋ねた。

「まぁなぁ…。けど、祭司になるのっておとなしい子が多いだろ？　おとなしすぎるのもちょっとタイプじゃないんだよな…。神宮へ来る女の子って両親が祭司っていうパターンが多いし、……ま、うちもそうだけど、そうなるとすげー堅苦しいし」

橘が腕を組み、渋い顔でうなった。そして、こそっと付け加える。

「それにほら、祭司で入ってくる女の子の中できれいな子、っていうのは、たいてい月読みの巫女にとられちゃうから。男の手がつかないうちに、早めに宣旨《せんじ》が下るからね。残った子はそうでもない、っていうか」

へへへ…、と橘が人の悪い笑みを見せた。

「月読みの巫女様というのは、一度なってしまえば、ずっとその役目に就かれるんですか？」

ふと、疑問に思う。

「いや。神の声が聞こえなくなるまで、って言われてるな。だいたい三、四年かなあ…。長くて四、五年てとこじゃないか。……だからさ」

先日の話を思い出したのだろう、橘がわずかに黒江に身をよせるようにして声を落とした。

「例の…、二十年前の。あれだって、もうちょっと我慢して待てばよかったんだよな。巫女の役目を降りて、神宮での仕事を離れれば、普通に結婚もできたはずなんだけどな。ま、身分の差はあっただろうから、難しかったのかもしれないけど」

ちょっと考えこむように言った橘の言葉に、黒江も、確かにそうだな…、と思ってしまう。

それも待てないくらい気持ちが突っ走っていた、ということだろうか。

なんかちょっとすごいな…、と思ってしまう。

自分なら考えられない——と思ってから、ふっとゲイルの顔が頭をよぎり、一人で勝手にあせってしまった。

あののほほんとしたクマにそんな命がけの恋愛ができるとは思えないし、そもそもきっちりと主と契約している守護獣なのだ。

ゲイルは高視様のモノ、だった。

それでももし万が一、ゲイルが自分にそんな激しい思いを持ってくれたとしたら……、あの男は自分を連れて逃げてくれるんだろうか……？

そんなつまらない考えが頭に浮かんでしまう。

命がけで、主を裏切って。主を手にかけることもいとわず……？

いや、守護獣に主以上に大切な人間がいていいはずはない。考えること自体が無意味だった。

「ああ…、でも、そうかぁ」

黒江がつまらない想像にとらわれている間、橘はふと、何かを思い出したらしい。

「な…何ですか？」

少しばかりあせって、黒江は声をうわずらせてしまった。

「いや、その巫女様、祭主様のお気に入りだったっていうから…、つまり、すでに手がついてたんじゃないか、って噂もあったみたいだよ。それに耐えられなくなった巫女様が、皇子に連れて逃げてくれるように頼んだんじゃないか、って」

「でも巫女様には……その、純潔が求められるんでしょう？　まさか、祭主様がそんな……」

さすがに信じがたく聞き返した黒江に、橘が軽く肩をすくめた。

「純潔を失うと、神の声を聞くことができなくなると言われている。つまり手を出してしまったら、巫女を降ろせばいいだけなんだよ、祭主様にしてみればさ。代わりがいないわけじゃないし、どの巫女がお告げを聞いているかなんて、他の人間には……俺たちにだってわからないわけだし。つまり、気に入った女を巫女ってことで格上げして、実際は手元においてる祭主様も中にはいるんじゃないか、ってこと」

あっさりと返されて、黒江は思わず声を失ってしまった。

「実際、あったみたいだぜ？　なにしろ、えり抜きの若い美人が選ばれてくるわけだしさ。祭主様の言葉には絶対服従だろ？　モノにして、飽きたら放り出す。……あ、こんなこと、俺が言ってたなんて言うなよ？　神官なら誰でも知ってることだけどさ」

あわててつけ足した橘の言葉も半分聞き流し、黒江は内心でため息をついてしまった。

確かに、こんな神のおわす場所にしてもきれいごとばかりではないだろうが、……それにしても。

何となく憂鬱《ゆううつ》な気持ちで、黒江は夕食のあと、ふらりと庭へ出ていた。

月が冴えて、美しい晩だ。

その光の中をとぼとぼと歩きながら、黒江は千弦から言いつかっている不正の証拠を見つけようという意気込みが、少しばかりしぼんでしまっているのを感じた。

何というのか……もっと大きな不正があるような気がして。

そのことも千弦様に報告しようか、とも思うが、もしかすると、祭主が巫女に手をつけている、程度のことは、もうずっと何十年、あるいは何百年もの暗黙の了解なのかもしれない。黒江が騒ぎ立てることで、祭主たち——ひいては神宮庁を敵に回すことになるかもしれない。

自分ひとりに攻撃が来るのであればともかく、高視を巻きこんでしまう可能性もある。

千弦様にしても……、もしかすると当然のこととして、受け流していることなのかもしれない。

少なくとも、今の祭主がどうなのか、というのはわからないのだ。

いや、黒江がわからないだけで、祭司たちはうすうす知っているかもしれなかったけれど。

……どうしよう。

ぐるぐると考えあぐねているうちに、どうやら拝殿の近くまで来ていたらしい。

「うん…、おまえは……？」

とふいに怪訝そうな声が耳に入り、ハッと顔を上げると、一人の男がこちらを眺めていた。

髪には白いものが混じり始めた、温和な雰囲気の五十すぎの男。ゆったりとした、濃いめのグレーのガウンを身にまとっていた。通常の、祭主たちの装束だ。

「これは…、天満様」

月明かりの中にその顔を確認し、黒江はあわてて、礼をとる。

三人の祭主の一人だ。もっとも年長の男。

祭主たちとは正式に顔合わせをしたわけではなかったが、通りがかるたびに誰かに顔と名前を教えてもらっていた。

こちらにゆっくりと近づいてきた天満が黒江の顔を確かめると、なぜか驚いたように、わずかに目を見張る。

「君は…、巫……かな？」

着ている服でそれを察したのだろう、そんなふうに声をかけられ、黒江は丁重に名乗った。

「はい。黒江と申します」

「ああ、そうか…、君が黒江か。……そう、祭司たちがずいぶんと熱心に手伝ってもらっているようだ。礼を言わねばならぬな」

穏やかに続けられて、黒江は恐縮してさらに頭を下げた。

「いえ、身体を動かしているのが好きですから。私でお役に立てることでございましたら」

答えながら、いくぶん後ろめたい気もする。純粋な気持ちではなく、別の目的があってやっていることなのだ。

「巫として来てもらっているのだから、本来はその役目に専心してもらいたいところだが…、なかなか神殿も手が回っておらんようでな。いや、二十年に一度の儀式となると、忘れていることが多くていかんわ」

天満が苦笑いしたところで、拝殿の扉が開く音が聞こえ、もう一人、男が姿を見せる。

「天満様」

こちらに気づいて、近づいてきた。

初魄だった。もう一人の祭主。

天満よりは十歳ほど若く、四十代なかばだろうか。身につけているのは天満と同じ濃いグレーのガウンで、髪もきっちりと撫でつけている。額が広く、頭のよさそうな男だ。

「どうだったね？　朔夜殿は」

振り返って、天満が尋ねている。

「ダメですね…、聞く耳を持ってくれません」

いかにも渋い声。

「そうか…。しかしせめて遷宮の儀式の時には、伝統にのっとった祭服を身につけてもらわねばなるまいが」

天満も低くうめく。

どうやら、朔夜に衣装のことであらためて指導を与えていたらしい。……結果ははかばかしくないようだったが。

そこでようやく、初魄が黒江に目をとめた。

黒江もあわてて、そちらにも礼をとる。

「どうしました、こんな時間に？」

穏やかに、しかしいくぶん厳しく尋ねられる。

「申し訳ございません。少し…、気持ちが落ち着かなかったものですから、礼拝させていただければと。儀式の日も近づいておりますから、緊張しているのかもしれません」

黒江はとっさにそんな言い訳をした。

「ああ…、それはよいですね。今、中には誰もおりませんから、ゆっくり祈ってください」

口元にやわらかな笑みを浮かべ、初魄がうなずいた。それに天満が横から口を挟む。

「初魄殿、この子だよ。黒江という名だそうだ。……ほら、祭司たちも褒めていただろう？」

「ああ、あなたが」

思い出したようにつぶやき、初魄があらためて黒江を眺めてきた。

「恐縮です」

ようやく黒江は小さく答える。祭主二人を前に、さすがに少し緊張してしまう。

「東雲公のもとにいる方でしたね？　どのくらい…、お仕えしているのですか？」

「ちょうど十五年、でしょうか」

「ほう、十五年……」

横で天満がわずかに眉をよせ、つぶやくように繰り返した。

何だろう？　と、と妙な違和感を覚えたが、何が、とははっきりしない。

「それは…、ずいぶんと幼い頃からですね。ご両親が東雲公に仕えていたのですか？」

初魄が尋ねてくる。

「いいえ、父は生まれた時からおりませんでしたし、母も五歳の時に亡くしましたので。その時に困っていたところを、高視様にはたまたま拾っていただきました」

微妙に違うのだが、細かい説明をしてもややこしくなるだけだ。

ふむ…、と何か考えるように、初魄が軽く指で顎を撫でる。

その様子に、違和感がさらに強くなる。

まさか、高視様が幼い子供に手を出している……とかいう疑いではないだろうな、とちょっと心配になったが、黒江が五つで拾われた時、高視は十三歳だったのだ。……ゲイルの方は、あまり変化はないように見えるが。当時もおっさんで、今もおっさんだ。

「母親の名前は、何というのかな？」

「え？　母……ですか？」

ふいに天満に聞かれ、少しばかり面食らったが、黒江は素直に答える。

「椿と申しました」

「そうか、椿とな……」

何かを抑えこむように深いため息をついて、天満がうなった。

「あの、何か……？」

さすがに気になって小さく尋ねたが、いや、とあっさりかわされる。

「そう、今度の儀式の折には、東雲公に東の神殿で奉納舞いをいただくことになっているはず」

少しばかり話をもどすように、初魄が口を開いた。

「はい。主にとりましても、大変名誉なお役目です」

「うむ、すばらしいな。君が月読み様をお送りし、東雲公が迎えるわけだ」

いかにも満足そうに、天満が顎を撫でて微笑んでみせる。

「無事にお役目を務められますよう、全力を尽くします」

型どおり、黒江は丁重に答える。

よろしくな、と肩をたたかれ、黒江は一礼して二人を見送った。

その姿が建物の角へ消えたのを見て、ホッと息をつく。

それにしても、何が聞きたかったのだろう…？　と少しばかりとまどってしまう。

よくわからなかったが、とりあえず黒江は拝殿へ入っていった。うっかり口にしてしまったこともあり、少しばかり祈りを捧げる。

正直、それほど信仰心が厚い方ではなかったのだが、そんな自分を反省しつつ、とりあえず、千弦に命じられた役目が無事に果たせますように、と祈った。

……神宮庁の恥を暴くことにもなりかねないそんな願いを、月読み様が聞き届けてくれるかどうかはわからなかったが。

いや、そもそも神殿であれば、国の安泰を祈るべきだろう。

ゆっくり、と言われたが、さすがにそれほどのんびりもしておれず、黒江は別の出入り口から外へ出た。

裏庭へと続く通用口で、鬱蒼《うっそう》とした木立に月の光も隠れがちだ。視界の先は真っ暗な森。遠くには、野犬なのか、遠吠えのようなものも聞こえてくる。

いくら神殿の敷地内とはいえ、そうなるとさすがに不安になって、黒江は無意識に足を急がせた。

ようやく視界の先に宿舎の明かりらしい光がちらちらと垣間見え、安堵した時だった。

視界の隅をふわりと、何か白いものがかすめた気がした。

えっ？　と足を止め、ついで息も止める。

――なんだ……？

と、思うと同時に、黒江はとっさに木の陰に身をよせた。

幽霊とか動物とか。どうやらそんなものではなかった。

ザッ…と軽く草を蹴《け》る音からすれば実体はあるし、動物のような息遣いでもない。形や大きさからして、どうやら人間のようだ。

誰だ…？　と思いつつ、身を潜めていると、黒江の少し先を足早に男が通り過ぎていく。

薄闇の中でははっきりとしなかったが、白っぽい服なので巫ではない。

ちらりと見えた横顔は——柊、だった。

黒江はわずかに目を見張った。

方向からすれば、柊も宿舎の方へ帰っているところのようだ。

どうして、こんなところに柊さんが……？

それを言えば自分もだが、やはり気になる。

何かしていた……？　あるいは、誰かと会っていた——のか？

もしそうだとすると、不正を働いている仲間、ということもあり得た。何か密談でもしていたのか。

わずかに眉をよせて考えこんだ時だ。

「ここで何をしている？」

いきなり背後から声が響いたかと思うと、次の瞬間、首を絞めるように太い腕が巻きつき、もう片方でグイッと身体が引きよせられた。すごい力だ。

ヒッ…！　と黒江は悲鳴にならない悲鳴を上げる。

頭の中が一瞬に真っ白になった。恐怖に、ザッと全身に鳥肌が立つ。

まともにもがくこともできない黒江に、抵抗はないと察したのか、腕の力が少し緩まる。

黒江は荒い息をついて、おそるおそる振り返った。

と、後ろにいたのは——。

「さ……朔夜……様……!?」

こんな夜でも、極彩色の鮮やかな衣装は月の光を弾《はじ》いている。そして目立つ赤い髪。

どうやら今夜は、祭主たちと縁があったらしい。もっとも朔夜は、さっきまで二人の祭主と話し合い……なのか、一方的な指導なのか、受けていたようだから、そのあとふて腐れて、黒江と同じように裏口から出ていたのだろうか。

——あるいは。

ふっと、さっきすれ違った柊の姿を思い出す。

もしかすると、柊が会っていた相手は朔夜様だった……？

とすると、どういうことなのか？　しかし朔夜相手であれば、こんなところで密会しなくてもよさそうなものだが。人目についてはまずい話だったのか。

「さ…朔夜様こそ……、どうしてこんなところに……？」

ようやく息を継ぎ、顔を引きつらせながら聞き返した黒江に、朔夜が口元に薄い笑みを浮かべた。

「今夜の獲物を探していた、というところかな」

いかにもな口調でうそぶくと、指先でスッ…と黒江の喉元をなぞってくる。グイッと顎がとられ、一瞬にして身体がまわされて、背中が横の木に押し当てられた。

顎ががっちりと押さえこまれたまま、間近でじっくりと値踏みするように眺められる。

「ふぅん…、ずいぶん可愛いのがいるんだな。……おまえ、巫か？」

特に答えを必要としていない問いだろう。着ている服を見れば、それはわかる。

黒江は必死に男をにらみ返した。しかし、口から出るのはかすれた声だけだ。

「え…獲物……って……？」

それに男がふっ、と唇で笑う。

「二十年に一度の儀式だというんで呼び出されたものの、あまりにも退屈でな。夜の相手を探していたところだ。どうやら、今、神殿にいるのは生娘ばかりのようだし？」

——最低だ…っ。

なかば皮肉めいた口調だったが、さすがに黒江の表情が強《こわ》ばった。それでもようやく愛想笑いでやり過ごそうとする。

「さ…祭主様がそのようなお戯れをおっしゃっては……」

「戯れ？」

ふん、と朔夜が鼻を鳴らした。

「俺はな、祭主になれば巫女を食い放題だというんで、こんなクソおもしろくもない仕事を引き継いだんだぜ？　だが巫女じゃなくても、おまえで十分だ。バッチリ、俺の好みだしな。じっくり可愛がってやるよ」

低く笑って言うと、朔夜が軽々と黒江の身体を肩に抱え上げた。

「そ…そのような…っ、儀式の前ですよ…っ！」

あせって声をうわずらせながら、黒江は男の髪をつかみ、背中を殴って必死に暴れた。しかしまったく気にする様子はない。

「今さら何のきれいごとを…。みんな、やってんだろ？　だが俺はオヤジとは違う。手を出した女に男を引っ張りこまれ、部下を殺されたあげくに逃げられるようなマヌケじゃないからな」

のしのしと歩きながら吐き出した朔夜の言葉に、黒江はハッとした。

それは……二十年前のあの事件のことだろうか？

つまりその時、巫女に手を出していたのは、朔夜――先代の朔夜様だったということだ。

朔夜は黒江を担いだまま、宿舎を大きくまわりこみ、どうやら敷地内にある自分の屋敷に連れこむつもりらしい。

「は…離してっ！　離してください…っ」

全身の血が引いていくような恐怖で、さすがに黒江は叫び声を上げた。

「おとなしくしろよ。よくしてやるから。……そうだな、相性がよけりゃ、ずっと囲ってやってもいいんだぜ？」

にやりと笑って言いながら、朔夜が屋敷の扉の前でいったん黒江を放り出す。黒江はとっさに尻《しり》で後じさった。

と、その瞬間——。

黒い影が猛烈な勢いで走ってきたかと思うと、体当たりして朔夜の身体を突き飛ばしたのだ。

そして、黒江をかばうように大きな背中が前に立ちはだかる。

——一瞬、既視感《きしかん》を覚えた。

いや、確かに昔、見た光景だった。ずっと、ずっと大昔に。

「な……、なんだ、きさまは……？」

無様に地面にたたきつけられ、混乱したようにわめいた朔夜が、それでもようやく身体を起こし、ペッと唾を吐く。

そんな相手にかまわず、目の前の男がバッと振り返って頭ごなしに黒江を怒鳴りつけた。

「だからっ！　気をつけろって言ってんだろっ！」

ゲイルだった。人間の姿だ。

黒江は目を見開いたまま、声も出ない。

恐いのと、安心したのと。

「ゲ…イル……？」

ようやく震える声を絞り出し、無意識に指が男の腕をつかむ。

「ああ…、大丈夫だ」

ため息をつくように、ゲイルが低く言った。がっしりとした腕が黒江の身体を包みこむ。

ホッと全身から力が抜けるようだった。

そしてゲイルはガシガシと頭を掻き、視線を正面に向けると、目の前の男をにらみつける。

「何者だ、きさま…？　とても神官とは思えんが？」

のっそりとゲイルの前に立った朔夜が、訝《いぶか》しげに眺め回し、低く尋ねてくる。

「おまえこそ、何だ？　そんな極楽鳥みたいな格好で、とても神官とは思えねぇな」

そんなやりとりに、ようやく黒江は我に返った。

「ゲイルっ、こちらは朔夜様ですよ！　祭主様です…！」

祭主を突き飛ばすなど、普通なら到底、タダではすまない。

「祭主だぁ？」

あぁ？　とゲイルが低くうなる。

「なんだ…、おまえ、可愛い顔をして、もう男を引っ張りこんでいたのか？」

片頬に薄ら笑いを浮かべて言った朔夜に、黒江はあせって声を上げる。

「ち…違います…っ！　この男は――」

しかし、ゲイルがこんなところにいる説明ができない。おそらく、また潜りこんでいたのだろうが。

……黒江の様子を見に、だろうか？

「なんだ、別に男がいるヤツに手を出すほど、困ってはいなかったんだがな？」

どこか余裕を見せるようにそううそぶきながら、ふらりと近づいてきた朔夜が、いきなりゲイルの顔を殴り飛ばした。

喉の奥で悲鳴が上がり、ビクッ、と黒江は全身を震わせる。

人間としては、かなりの破壊力に見えた。ゲイルの身体が、わずかに傾《かし》いだくらいだ。

「——くっ…。……ふざけるなよっ、きさま…！」

ゲイルはまともに受けたが、次の瞬間、二発目にかかろうとした朔夜の腕を左手で止め、そのままともに朔夜の腹へ拳《こぶし》をめり込ませる。さらに続けて、左肘が顎を張り飛ばした。

まったく容赦がない。いや、少しは手加減しているのだろうか。

クマの力だ。まともに受けたら、骨折くらいではすまないかもしれない。

「誰に手を出してんだっ、クソやろうが！　汚い手で触りやがってっ」

「そ…んなに大事なモンなら、神殿なんかに入れてんじゃねぇっ、ボケがっ！」

相当殴られているはずだが、朔夜に逃げる様子はなく、がむしゃらにゲイルの喉元につかみかかった。二つの身体がもつれるようにして地面を転がる。

到底祭主とは思えないケンカっ早さ、そしてかなりケンカ慣れしているようにも見える。相手がゲイルでなければ、たいていの人間には勝てそうだ。

「ゲ…ゲイルっ！　ゲイルっ、やめてくださいっ！」

あせって、黒江は必死に止めた。

今、兵を呼ばれたら…、と冷や汗がにじむ。そうでなくとも、屋敷にいた使用人だろう。外の騒ぎに気づいて、何人か飛び出してきた。

「もう大丈夫ですからっ。早くあなたは行ってください…！　人が来ますっ」

ようやく引き剝《は》がして急《せ》かすと、ゲイルがそちらを見てわずかに顔をしかめる。

「――おまえも来いっ」

そして黒江の腕をつかむと、引きずるようにして屋敷をあとにした。

黒江としては、とりあえず朔夜にあやまっておくべきか…、と迷っていたのだが、とてもそんな余裕はない。

「こういうことになるから、気をつけろと言ってるんだっ！」

ゲイルの怒りは収まらないらしく、のしのしと突進するように歩きながら、さらに声を荒らげた。

「こ…こういうことって……」

こんなこと、想像できるはずがない。

ゲイルに叱られる、というういつにないパターンにもとまどってしまう。というか、少しばかりムッとする。

別に黒江の落ち度ではない――はずだ。

とりあえず宿舎近くまでもどり、人目につかないように木陰に隠れると、黒江はとまどったまま問いただした。

「でも、どうしてあなたがここに？　まさかあれからずっと、ここの庭にいたわけじゃないでしょう？」

自分のことが心配だった、ということなら、……それは、うれしいけど。

「どうしてもこうしても…っ。……あー、つまり、高視がおまえのまわりに気をつけてやれ、って言うからだろ。それに、どういう状況か聞いてこい、って言われたから」

拗ねたみたいにそっぽを向いて、ゲイルが言った。

……高視様に頼まれて、か。

まあ、当然なのだが、少しだけがっかりする。

状況を聞いてこい、というのは、千弦様の仕事について、だろう。

「成果というほどの成果はありません。……すみません。役に立たなくて」

そちらのことにも、さすがに消沈してしまう。

「まあ、こんなことがあったら、役目どころじゃねぇしな…」

ゲイルが低くうめく。そして、黒江をにらむようにして言った。

「……ていうか、おまえ、今すぐここを出ろ」

「それは無理ですよ」

しかし黒江は首を振る。

「遷宮の儀式の直前ですから。今、巫を降りると、大変なことになります。……大丈夫ですよ。朔夜様もう、何もしてこないでしょうし……、朔夜様にしても表沙汰《おもてざた》にしたいことではないでしょうから。これからは他の誰かと一緒にいるようにします」

ゲイルを安心させるように言葉を重ねると、両手を腰に当て、仕方なさそうにゲイルが大きなため息をつく。

「マジで頼むから…。……あのな」

そしてじっと黒江の目を見て何か言いかけて、結局、再びため息をついた。

伸びてきた手のひらが、そっと、黒江の頬を撫でる。

「まあ、いいか。俺が…、どんな時でも絶対に助けてやるから。それだけ、覚えてろ」

そんな言葉に、ふわっと、胸の奥が温かくなる。どこかくすぐったいように。

黒江は無意識に微笑んで言った。

「……さっき、初めてあなたに会った時のこと、ちょっと思い出しました」

ああ…、とゲイルも思い出したように指でこめかみのあたりを掻く。そして、ニッと笑った。

「大丈夫だから。いつだって…、俺がいる」

「はい」

静かに黒江はうなずいた。

そっと手を伸ばして、さっきゲイルが殴られた顎に触れてやる。わずかに熱い。

いてて…っ、と顔をしかめ、小さな声を上げるのに、クスクスと笑った。

――うれしかった。安心した。

たとえ、ゲイルが高視の守護獣だったとしても。高視の命令だったとしても。

側にいてくれる。

それだけで十分だった――。

◇　　　◇

翌日、さすがに黒江は緊張しながら、日課の仕事へ向かっていた。

朔夜から何か叱責《しっせき》を受ける、あるいは、嫌がらせのようなことを受ける覚悟もしていた。もしくは、ゆうべの侵入者――明らかに外部からの侵入者だ――についての、尋問があっておかしくはない。

ゲイル、とうっかり名前を呼んでしまっていたから、調べればすぐに高視の守護獣だということは判明するだろう。

そうなると、高視にまで何か責めがいくのだろうか……？

もともとは朔夜の「戯れ」だから、向こうにも非があるとはいえ、朔夜の方は相当な肉体的ダメージを負ったはずだ。怒っていないはずはない。

しかし特に上から呼び出されることもなく、他の者たちに何か聞かれることもなく、ふだんと変わらない儀式や引っ越しの準備、掃除などで時間が過ぎていった。

やはり恥だと考えて、朔夜も口をつぐんでいるのだろうか。

昼を過ぎて、さすがに耳が早い橘が、おもしろそうにこそっと黒江に耳打ちしてくる。

「聞いたか？　朔夜様がゆうべ、賊と争ったんだってさ。殴り合いになったみたいでさ、顔が紫に腫《は》れ上がってんの」

ぷぷぷっと、おもしろそうに橘は声を殺して笑ったが、うわあ…、と黒江は内心、笑うどころではない。かろうじて作った愛想笑いが引きつった。

「賊って…？」

それでもおそるおそる確認する。

「さあな。逃げられたらしいから。巫の誰かの男じゃないか、って話だよ。あり得るよな」

下世話に言って、橘が肩を揺らす。

「朔夜様ってさ、剣も遣うし、力も強いし、ガタイもいいし、……ま、腕っ節にかなり自信があるんだろうな、ふだんから警護とか連れ歩かない方なんだよ。それが間男みたいのにあんなにぶちのめされるなんて、見かけほどじゃないってことだよなー」

愉快そうに橘は言ったが、相手が悪かっただけだよな…、と黒江は内心でため息をつく。クマ相手に一介の人間では、さすがに無謀だ。

結局この日は、一度だけ、神殿内で朔夜とすれ違った。

黒江はあわてて、顔を伏せるようにしてやり過ごしたが、むこうも気づいていたらしく、ぎろりと物騒な目でにらみつけられた。

橘が言っていたように、顔は明らかに形が変わっている。目のまわりや、頬や、顎。見えないが、腹にもダメージはあるはずだ。

誰が見ても、無様に殴られた痕《あと》で、それを隠していないところは案外潔いが、あからさまに不機嫌だった。いつも以上に、というべきだろう。

これだけ神殿内でいい話のネタにされていれば、即座に黒江が呼び出されてもおかしくないが、やはり儀式直前で面倒になるのを嫌ったのだろうか。儀式が終わるまで預けておく、ということなのかもしれない。

しかしその代わり、この夜、黒江は宿舎で別の男の訪問を受けた。深守だ。

「ちょっと話があるんだが…、今、かまわないか？」

そう切り出した深守は、いつになく表情が硬かった。

「え？　ああ…、どうぞ」

とまどいつつ、黒江は男を部屋へ通す。

深守は同じ巫として神殿に来ている。一日の行動もだいたい同じで、何か話があるのなら、わざわざ部屋へ来なければならないようなことではない。

つまり、他の人間に聞かれたくない話、ということだろうか。

それにしても深守が、いったい自分に何の話だろう、と思う。まったく心当たりがなかった。

もしかすると、このところ黒江の祭司たちへの覚えがめでたいこともあり、巫筆頭の役目がどちらに傾くか、というのが、他の巫たちの間でささやかれているようだったから、そのことだろうか、と思うくらいだ。

もし辞退してくれ、という頼みであれば、黒江としては快く譲る気でいる。あえて、そんな目立つ役目をやりたいわけではない。

「あのさ…、俺、今日は神殿の、書字室の方へ手伝いへ行ってたんだけどな」

ベッドの端に腰を下ろし、ようやく重い口を開いた深守に、黒江は話の先が見えないまま、うん、とうなずく。

「書字室に詰めている祭司たちは、二十年、三十年と勤めている古株の人間が多いんだ」

「そうみたいですね」

やはり何が言いたいのかわからなかったが、それは黒江も知っていた。

神殿の上の方——文字通り、なのだが、神殿は七層の階になっており、上に行くほど格式が高い。

最上階は神が住まう「本殿」であり、清掃や日々の祀り、特別な儀式の時以外、あまり人は立ち入らない。大拝殿だけが、神の恩寵《おんちょう》が届くようにと、その七階まで吹き抜けになっている造りだ。

その一つ下の階で、月読みの巫女たちが祈りを捧げ、神の声を聞いている。同じ階から渡り廊下で別の建物へとつながっており、そちらに巫女たちや巫女の世話をする女たちの宿舎がある。

さらにその下に祭主たちの執務室や宝物室、その下に文書室、薬剤室、……と、だんだん重要度が下がっていき、それにつれて出入りする人数も多くなっていく。

王宮との折衝など事務方の仕事や、来客の相手や、食料を届けに来る商人たちの相手や、そんな雑用というか、日々の業務などは、ほとんどが一階と二階で行われており、黒江たちが三階以上へ上がることは稀だった。というより、四階以上へ上がるには許可が必要だった。それは橘や柊たち、一般の祭司たちも同様のようだ。

書字室は大切な公式文書の清書をしたり、写本したりしている場所で、確か三階にある。黒江は行ったことはなかったが、どうやら深守はそこでの手伝いを頼まれたらしい。

確かに、下の階で働く祭司たちは若手から中堅どころ、といった年齢で、せいぜい三十代なかばくらいまでだ。さらに長く勤めれば、上の階へ行けるくらいのキャリアと信頼ができるのだろうが、神宮庁は比較的、人の入れ替わりも早いようだった。

女性の祭司はある程度の年齢で結婚してしまうし、男の祭司も、やはり王宮の他の職場と比べると、地味でおもしろみの少ない仕事に思えるらしい。そもそも接触する人間が限られてくるので、そのあたりも窮屈になってくるのだろう。

なので、黒江がふだん接しているのは、ほとんどが若い祭司たちばかりなのだ。

上層階の祭司たちはたいてい専門の仕事をしているので、あまり下へ降りてくることがない。さらに言えば、頻繁《ひんぱん》に外へ遊びに出たり、友人と語らったりするのが好きな外交的な人間は、神殿には長く残らない。

つまり、深守はめずらしくその古株の祭司たちと接触を持ったということだろうが、それがどうかしたのだろうか。

わずかに口ごもり、唇をなめてちらっと黒江を上目遣いにしてから、思い切るように深守が口を開いた。

「その書字室でちょっと…、おまえのことが話題になってるみたいなんだ」

「私の…？」

思わぬことに、黒江は目をパチパチさせてしまった。

そんな、話題を提供するようなことをした覚えはないのに。

――いや、もしかすると、ゆうべのことだろうか、とちょっとドキリとする。

「おまえのこと、いろいろ聞かれてさ…。生まれとか。なんだろ、って思ってたら、その帰り、ちょうど降りてきてた巫女様付きの祭司につかまって……やっぱり聞かれたんだよ」

何をだろう？　と思ったが、深守はそこでいったん、口をつぐんでしまう。

しばらくしてからようやく顔を上げ、黒江を見て、息を殺すように尋ねてきた。

「おまえの母親の名前って…、ひょっとして、椿っていうのか？」

「え……？」

黒江は思わず、短い声を上げてしまう。

ここへ来て二度目だ。母の名を聞かれたのは。

この十五年、一度も聞かれたことなどなかったのに。

……そう、ゲイルに初めて会った時に聞かれて以来――。

「どうして……知ってるんですか……？」

何か得体の知れない不安が、大きな塊になって胸に広がっていく。

黒江はかすれた声で聞き返した。

やっぱり…、と深守がいくぶん苦しげな表情を見せ、歯を食いしばるようにして、いきなり黒江にあやまった。

「悪かった。こないだ…、俺、すごく無神経なこと、言ってたよな」

「どういう…？」

意味がわからず、混乱したまま黒江は聞き返したが、かまわず深守が続けた。

「巫女様付きの祭司…、もちろん女の祭司だけど、一番長く勤めてる人だと六十すぎくらいの人もいて、……巫女様はどんどん変わっていくけど、世話をする人って年配の人が多いんだよな。だからおまえの母親のこともよく覚えてて、……というか、さすがに忘れられなかったみたいでさ。あんな事件、起こしたら。おまえ、母親にそっくりなんだってな。すぐにわかったって。一瞬、巫女様が帰ってきたのかと思ったたって言ってたよ。でも年をとらないままだし、男だし。じゃあ、息子なのか、って。二十年たって、この遷宮の儀式におまえが巫に選ばれたのって、やっぱり運命なのかな……」

ため息をつくように、一気に言った深守の言葉は、しかし黒江にはうまく咀嚼《そしゃく》できなかった。

——事件……？　二十年前の？　母が……巫女……？

つまり母が……いや、つまり父が？　二十年前に神官を殺したということなのか……？

頭の芯《しん》がガンガンしてきた。理解できない。いや、したくない。

そんな思いで、叫び出しそうになるのを必死にこらえる。

「俺さ…、オヤジの仕事もあって、昔から古文書をあさるのが好きで。ちょうど自分が生まれた年の皇子の急死、っていうのに引っかかって、ちょっと調べてみたんだよな。でも、病死ってだけで原因もわからないし、ろくな記述もないし。そもそも墓がどこにあるのかわからないし。ヘンだろ？　なんか、いかにも陰謀めいててさ…。オヤジとか、叔父貴とか、聞き回ってようやく二十年前のこの神殿での事件の噂を聞いたんだけど。でも妙にそれが、それまで調べた皇子……将朝様の印象と合わなくってな。それで、俺も今回、遷宮の儀式に潜りこんでみようと——」

深守は言葉を続けていたが、ほとんど黒江の耳には入っていなかった。

「ごめん…、帰ってくれないか……」

絞り出すように、ようやく黒江は声を出した。

「黒江……」

深守が何か言いたそうに口ごもったが、悪かった、ともう一度つぶやくように言って、部屋を出た。

ドアが閉じられると、黒江はなかば倒れるようにベッドへ腰をついた。

自分の呼吸が荒いのがわかる。心臓の音も、耳に反響しているようだ。

——母が……月読みの巫女だった……？

信じられない。名前が同じなのは、単なる偶然かもしれない。顔が似ているのも……？

そこまで考えて、頭が真っ白になる。

幼い時の母の記憶が、無意識のうちによみがえってきた。

父がいなかったせいもあり、母からいろんなことを教えてもらった。文字の読み書きや、薬草の見分け方。星の見方。

……そうだ。今ならわかる。

そんな知識は、普通の商家や農家の女にはないものだ。おそらくは、貴族の娘であってさえ。

だが巫女なら……十分にあり得る。薬草の知識も、星を見る知識も。それらも、祭司の仕事の一つなのだ。

母が……二十年前に事件を起こした巫女なら、では、父は——？

今まで、名前も知らなかった父。

将朝……と、言っただろうか。まったく実感がない。顔も知らない。

皇子……？　人殺しの……？

どのくらい放心状態だったのか、ようやくせわしなく窓がたたかれている音に我に返る。

やがて辛抱できなくなったように、外から押し開かれ、カーテンが夜風にふわりと揺れる。

黒江はぼんやりと立ち上がって、そのカーテンを開いた。

「お、いたのか」

外にいたのは、ゲイルだった。ホッとしたようにつぶやく。そして、わずかに眉をよせた。

「どうした？　顔色、悪いな」

「ゲイル…」

ぼんやりと男を見たまま、黒江はつぶやく。

そんなうつろな様子に、ゲイルがハッとしたように声を上げた。

「何かあったのか？　――まさか、あのやろう…、朔夜とかいう男に何かされたんじゃないだろうなっ？」

あまりにも的の外れた言葉に、黒江はどうしようもない憤りが胸に突き上げてくるのがわかった。

「朔夜様は関係ありません…！　ゲイル、あなたは……知っていたんですかっ？」

嚙みつくように、泣き出しそうになるのをこらえ、黒江は窓越しに男の胸をつかむようにして尋ねていた。

「黒江…？　どうした？　何のことだ？」

そんなふうに聞き返してきたが、どこかハッとしたような、うすうす察したような表情だった。

「知ってたんですね、私の母のこと……。私の父がしたことを……」

「黒江、おまえ……。いや、ちょっと待て」

ゲイルが明らかに動揺したように視線を漂わせ、なんとか黒江を引きよせようと、思いきり腕を伸ばしてくる。

しかし黒江はとっさに身を引き、それをかわした。

「高視様も知っていたんですか？　十五年前、あなたが私のところへ来たのも偶然じゃなくて、……もしかして、追っていたんですか？　私や母を？　罪人として？」

「黒江、落ち着け。そうじゃない」

「何のためにですっ？」

必死に言い訳しようとするゲイルにかまわず、黒江は冷たく突きつけるように尋ねた。

「それは……」

ゲイルが苦しそうな顔で言い淀《よど》む。

「私を……こうやって、この遷宮に合わせて、神殿に送りこむために、ですか？　二十年前の、父の罪をあがなわせるために？」

わざわざまわりくどく。千弦様まで巻きこんで。

「そうじゃない。まったく違うっ！　……黒江、聞いてくれ」

今にも窓を乗り越えて、部屋に入りこもうとする勢いで、ゲイルが声を上げる。

だが今の黒江に、そんな言葉を信じられる余裕はなかった。

「どうして言ってくれなかったんですか!? 初めからっ！」

――結局、だましていたのだ。高視も、……ゲイルも。

この十五年間、ずっと。

「帰ってくださいっ！」

全身で叫ぶように、黒江は声を放った。

「帰ってっ！ もう二度と、顔を見せないでくださいっ！」

「黒江っ！」

ガタガタと激しくガラス窓が揺れる。

「――おい、黒江！ どうしたっ？ 大丈夫かっ？」

と、その叫び声が聞こえたのか、部屋のドアが廊下からドンドン！ と激しくたたかれた。

深守だ。

黒江は反射的に、飛びつくようにしてドアを開いた。

「深守っ！ 侵入者です…！ 警備兵に連絡をっ」

そして宿舎中に響くような声で叫んだ。

「えっ？」

予想していなかったのだろう。深守が大きく目を見開き、そしてハッと開いたドアから真正面にある窓ガラスに目をやり――いかにも人相の悪い男が部屋に侵入しようとしている、と確認したのだろう。

「おいっ、何だ、おまえはっ!?」

威嚇するような声を上げると、廊下でさらに声を張り上げた。

「侵入者だっ！　裏庭にまわりこめっ！　警備兵は何をしてるんだっ」

鋭い指示が飛ぶ。

目覚めたように、宿舎が一気に騒がしくなった。

「くそ…っ」

いかにも渋い顔で低く吐き捨てると、どうしようもなくゲイルが窓から身を引いた。

「黒江…っ」

それでも窓枠をつかんで呼びかけてくるが、黒江は小さく震えながら、男をにらみつけた。

思い切るように視線を剝がし、ゲイルが身を翻《ひるがえ》して走って行く。

ふっと糸が切れたように、黒江はその場にずるずると倒れこんだ。

「黒江っ？　おいっ、大丈夫かっ？」

深守の声が遠い。

「大丈夫です……」

それでもようやく答え、黒江は立ち上がって這うように窓に近づき、ガラス戸を閉める。

……もう、何がなんだかわからなかった。

何がどうなっているのか。どうすればいいのか。


——遷宮の儀式は、もう明後日《あさって》に迫っていた。

◇　　◇

前日は一日、黒江たち巫は潔斎に入った。

おかげで、誰かと話す時間が少なくてすんだのは、黒江にとってありがたかった。誰とも話したい気分ではなかったのだ。

深守からは時折、気遣わしげな視線を感じたが、黒江はそれに気づかないふりをしていた。

あれから……黒江が騒いだせいで、ゲイルはかなり厄介なことになったと思うが、無事に逃げたのだろうか、と少し心配になる。が、捕まったという話も聞かないので、多分大丈夫なのだろう。

腐っても守護獣だ。人間の警備兵相手に捕まるようでは問題だ、とも思う。

前夜には沐浴《もくよく》し、この夜は夕食もとらず、静かにその時を待つ。

一人で祈り、ただ時を待つ作業は、あるいは退屈なのかもしれなかったが、今の黒江には必要だった。

祈る、というより、自分自身と話し合う時間だ。

ゲイルは……高視様は、初めから知っていたのだろうか？

……知っていたのだろう。

十五年前、ゲイルは黒江の母の名を尋ねた。あれは確認だったはずだ。

つまり高視に命じられ、ゲイルが黒江たちを探して、足どりを追っていたということだろうか？

五年間も？

二十年前、父は神官を斬《き》り殺して母と逃げた。だが物心ついた時、黒江にすでに父親はいなかったから、そのあと、逃亡途中ですぐに亡くなったということになる。

だがなぜ、高視は父の行方を追っていたのだろう？

もちろん、実の叔父だ。親しかったのかもしれない。父や母を捕らえて、きちんと罪を償わせたかった、ということだろうか……？

だが見つけ出した時、黒江しかいなかった。だから、黒江を引き取ってくれた。

叔父の忘れ形見として？

ではなぜ、今、自分をこの場所に送りこんだのだろう……？

その意味がわからない。

自分は母によく似ているという。黒江自身はよくわからなかったが、高視は、それを知っていたのだろうか？

知っていたとしたら、黒江が神宮に来れば……いや、典礼院へ手伝いに行けば、遠からず神宮へも出入りすることになることくらい、想像はつく。そうなれば、黒江が二十年前、巫女だった母と結びつけられることも、当然、わかっていたはずだ。

古くからいる祭司たち、そしておそらく、天満や初魄たち二十年前からいる祭主たちも、黒江の顔に驚いたのだろう。

二十年前の悪夢を、思い出したはずだ。よりにもよって、同じ遷宮の儀式を前にして。

なぜ、このタイミングで高視は自分を神宮へよこしたのか？

……復讐《ふくしゅう》？

ふっと、そんな嫌な考えが頭をかすめる。

復讐、なのだろうか？　たとえば…、父をそそのかした母へ対する？

自分は高視様に……本当は憎まれていた……？

そんな想像に、すっと体温が下がったような気がした。

遷宮の儀式を、ぶちこわすつもりなのだろうか……？

とはいえ、今のところ、黒江に巫の任を外れるように、というような指示はない。まあ、今から新しい巫を、というのも難しいのだろうが。

神宮としては、両親が誰であれ、というスタンスなのだろうか？

……いや、そもそも、自分がこのような儀式に出ていいのだろうか……？

ふいに、そんな不安に襲われる。恐ろしくなる。

神官を殺した男の、そして神を裏切った女の息子――なのだ。

そんな自分が――。

いても立ってもいられなくなったが、今は潔斎中だ。部屋から出ることもできないし、誰とも話すことはできない。

一睡もできないまま、結局、翌日――式の当日を迎えた。

手足を清め、白い儀式の装束に身を包む。

だがどれだけ清めたところで、自分が受け継いだ、この身体の中に流れる血が清められるわけではない。

迷っているうちにも、案内の祭司に巫たちが集められ、筆頭が呼び上げられた。深守だった。

順当なところだ。

しかし深守は、呼び上げられた瞬間、ハッと弾かれたように黒江を見た。どこか申し訳なさそうな表情なのは、自分が黒江の出生を口にしたせいで、という思いがあるのかもしれない。

だが深守が言わなくても、誰かが言っていたはずだった。古株の祭司が、すぐに気づくようなことであれば。いや、祭主たちはすでに知っていたことなのだ。

巫たちは、神の乗った神輿が西から東の神殿へ移る時、それに付き従うのが務めであり、先頭が深守、そして最後尾に黒江が割り当てられた。

正直、黒江は驚いた。

最後尾というのは、一番低い位置というわけではない。むしろ先頭の次に目立つ、栄誉ある位置になる。

――そんな場所にいていいのか…？

と、愕然《がくぜん》としてしまう。

粛々《しゅくしゅく》と支度が進んでいく中、黒江は何か最終的な指示なのか、確認なのか、神輿に近づいてきた初魄の姿を見た。さすがに儀式だけあって、ふだんとは違う純白の衣装だ。

瞬間、黒江は飛び出していた。

本来、こちらから話しかけていいような身分の人間ではない。それでも、このまま儀式に参加することはできそうになかった。

「初魄様…！」

「あっ、おい…！」

巫たちの列から離れ、いきなり近づいてきた黒江に、初魄のまわりにいた祭司たちがあわてて止めようとしたが、気づいた初魄がそれを制止した。

「黒江…、でしたね。どうかしましたか？」

穏やかに聞かれ、黒江はガクリ…と男の前で膝を折る。唇が震えていた。

何を言ったらいいのかわからなかったが、それでもようやく尋ねる。

「私が…、この儀式に参列していいのでしょうか……？」

かすれた声がこぼれ落ちる。

「黒江」

それにそっと息をつき、初魄がわずかに膝を落として、黒江に目線を合わせた。

「どうやら…、聞いたようですね？　あなたの母親のことを」

静かに問われ、黒江は泣きそうになりながらうなずく。

「あなたの母親は、男に振りまわされ、確かに過ちを犯したのかもしれない。けれど、それはあなたの罪ではありません」

「初魄様……」

その言葉に、ふっと胸が軽くなった。

腕がとられ、黒江は無意識に男の腕にすがりつくようにして、じっとその顔を見上げる。

「あなたは今日、重大な務めを果たさなければならない。わかりますね？　あなたが務めるということが大切なのですよ。……二十年前の贖罪《しょくざい》の意味でも」

力強い言葉に吸いこまれるように、黒江はうなずいた。いつの間にか、心も落ち着いてきたようだった。さすがは祭主様だ。

「立派に務めておいでなさい」

「はい。……ありがとうございます」

わずかに腕を引かれ、まっすぐに立たされた黒江は、深く頭を下げる。

そして列にもどろうとした黒江は、ふいに背中から呼び止められた。

「あ、黒江。巫たちは神輿が東の神殿に到着したら、そこで役目を終えるわけですが、そのあと、あなたは東雲公の奉納舞いで何か手伝うようなことがありますか？」

そんなことを聞かれ、黒江はわずかにとまどってから、いいえ、と答えた。

まだ少し、高視に会いたい気持ちではなかった。きちんと心の整理もついていなかったし、どんな顔をして会えばいいのかわからない。……そう、本当は巫としての役目が終わったのなら、高視の手伝いにもどるべきなのだろうけど。

「では少し、私に時間をもらえますか？　手伝っていただきたいことがあるので」

「わかりました」

静かに言われて、黒江はぺこりと頭を下げ、急いで列に入った。

どうやら、じっと黒江の様子を見ていたらしい深守と目が合って、ホッとしたように息をつく。

「大丈夫か？」

聞かれて、黒江はしっかりとうなずく。

「始まるぞ」

うながされ、黒江も急いで決められた場所に着く。神輿を真ん中にして、先頭を行く深守と、その後ろを巫女が、そして神輿の両脇《わき》を男女に分かれて従い、すぐ後ろに巫女がもう一人、それから最後に黒江の順になる。

もっとも、この長い列の神輿よりずっと前、最初に動くグループは三人の祭主たちが馬で向かうしきたりだった。

さすがにこの日は、朔夜も白の決まった装束を身につけていた。もっとも頭は、赤いままだったが。そして顔の腫れもまだ引いていない。

西の神殿を出発し、壮麗な鳴り物とともに厳かに列は進んでいった。

王宮の中心を横切るルートで、ことさらゆっくりと歩くこともあって、行き着くまでには一時間ほどもかかる。

その間、宮中の人間たちは遠巻きにそれを眺め、神のいる神輿に向かって祈る者も多い。

めったに顔を拝めない月読みの巫女たちが見られるということで、特に男の見物人が鈴なりになっている場所もある。

そして東の神殿へと到着すると、大拝殿には王族を始め、重臣たちが顔をそろえていた。

特別に設えられた貴賓席には、王や千弦の姿も垣間見える。

千弦様は……知っていたのだろうか？

ようやく終わりだ…、と、少し気が抜けてくるのと同時に、ふっと、そんな疑問が浮かぶ。

あるいは高視の頼みで、黒江を無理なく神宮へ行かせるために、あんな役目をわざわざ言いつけたのだろうか。

一位様まで巻きこんだということなのか……？

そう思うと、高視の真意がわからなくなる。もし、高視の私怨であれば、さすがにやりすぎのようにも思えた。

儀式が終わったら。

高視様ときちんと話さなければいけない――。

そう思う。

そしてもし、憎まれているのなら、館を出よう……。

そっと目を閉じて、黒江は心に思った。

だがたとえ…、高視がどんなふうに自分のことを思っていたとしても、自分は高視のことが好きだった。十五年、側で過ごしてきたのだ。

勉強を教えてくれて、一緒に湖で泳いだり、祭りの見物に行ったり。

先代が亡くなったあとは、淋しいから、と黒江とゲイルに一緒に食事の席に着くように言ってくれた。

まるで家族のように――黒江を扱ってくれていたのだ。

それが全部嘘だったとは思えない。思いたくもない。

神輿が無事に東の神殿へ入り、大拝殿の中央へと静かに安置される。

巫たちはここまでが仕事だ。あとは後方の所定の場所に退いて、静かに儀式が終わるのを待つだけだった。

このあとは、高視の奉納舞いが納められ、巫女たちの祈りが続き、それから祭主の一人が神輿に乗っていたご神体をこの神殿の七階にある本殿まで厳かに運んでいく。それから、祭主たちによる祈りが捧げられ、遷宮の儀式は終了となる。

やがて楽の音が静かに大拝殿に響き渡り、神輿の前に作られた舞台に、立ち合っている祭司たちや、列席していた賓客たちの視線がいっせいに注がれた。

高視の舞いが始まるのだ。

実際、一般の列席者にとっては、舞い以外の儀式は退屈でしかないだろう。

黒江も思わず、身を乗り出してしまう。

そういえば、こんなふうに完全な「客」の立場で、高視が舞う姿を見たことはなかった。練習などは、時々、横で見学させてもらうこともあったのだが。

脇の暗がりから足音もなく、するすると一人の舞い人が現れる。美しい白と紫の衣装が、音楽に乗って軽やかに広がる。

顔には白い仮面をつけ、頭には彩りの花や鳥を模したリボンが華やかに飾り付けられた大きなかぶり物をつけており、重くないはずはないが、優雅に舞っていた。

美しい舞いだ。……しかし。

——どうして……？

と、その瞬間、黒江は驚いた。

違う、と思った。舞っているのは高視ではない。

背格好は確かによく似ている。舞いもうまい。

面をつけているから、もしかすると他の人間にはわからないかもしれない。衣装や頭の飾りも、確かに黒江が王宮へ来る前に調えたものだ。

実際、客たちはただ感心したように舞いを眺めている。

しかし、黒江の目には明らかに高視の舞いではなかった。

……どういうことだ？

黒江は混乱した。

高視が……奉納舞いをすっぽかしたのだろうか？　それで、あわてて代役を立てたということなのだろうか。

あるいは、体調や何かの問題で——？

じっとしていられず、黒江はそっと大拝殿から抜け出した。

典礼院での仕事をしていたおかげで、高視の控え室はわかっている。東の神殿に近い、祭司たちの宿舎がまだ引っ越し前で使われていなかったため、その一角が割り当てられていたはずだ。

「高視様…っ？」

無意識に名前を呼びながら、人気がないその部屋へ飛びこんだ瞬間、中にいた人物がふっと振り返った。

高視ではない。もっと大柄な——。

「な…七位様…？」

驚いて目を見開き、黒江はその場で立ち尽くしてしまう。

「確か、黒江……といったかな」

七位様——千弦の腹違いの弟になる——守善《しゅぜん》が、わずかに首をかしげて確認してきた。

守善は近衛隊に属し、自ら一部隊を率いて、今回の遷宮の儀式では王族の身辺警護の役目に就いている。そのため、黒江も一、二度、顔を合わせて警備の打ち合わせをしたことがあったのだ。

「は、はい…。あの、高視様は…？」

部屋の中は、衣装を入れていた袋やら、髪飾りの箱やらと、いろんなものが散乱していたが、高視の姿はない。

「俺もついさっき、一位様の命で様子を見に来たところだが、お姿はなかった」

どうやら千弦も気づいたということだ。舞い人が高視ではない、と。

と、ふいにのっそりと足元をすり抜けて動いた影に、黒江は喉の奥で小さな悲鳴を上げてしまった。

「ああ…、驚かせたな」

それに守善が苦笑し、足元にすり寄ってきた大きな豹——美しい雪豹だ——の喉元に手をやって撫でてやっている。

守護獣——だ。噂の、七位様の雪豹。

こんな時だが、ちょっと、うわっ、と思ってしまう。これほど近くに豹を見たのは初めてだった。さすがに大きく、しなやかで美しい。

その雪豹がちらっと値踏みするように黒江を見上げ、黒江は少しばかりとまどった。

「しかし…、どうされたのかな、高視様は」

守善が首をひねる。

「具合でも悪くなられたのでしょうか…？」

「それなら、知らせがあってもおかしくはないが」

黒江の無意識につぶやくような言葉に、守善がうなる。

確かにそうだ。

すると、パタパタ…と廊下を近づいてくる軽い足音が耳に届き、二人同時にハッと戸口を振り返った。

「あ……」

厳しい眼差しだったのだろう。

驚きは相手の方が大きかったらしく、若い侍女が一人、大きく目を見開いて立ちすくんだ。

「あ…、く…黒江殿……？」

それでもどうやら黒江の顔に見覚えがあったらしく、ホッと息をつく。

黒江の方も、言われてみれば記憶にあった。典礼院で手伝いをしている一人だ。

「七位様も…、どうかされたのでしょうか？」

おそるおそる尋ねてくる。

「高視様に、何かあったのでしょうか？」

「え？」

勢い込むようにして聞き返した黒江に、女がきょとんとした顔をしてみせた。それでも、とまどったように答える。

「高視様は今、大拝殿で奉納舞いを……。私も先ほどまで拝見させていただいていたのですが、こちらの片付けにもどってまいったところです」

「あれは、高視様ではありません…！」

思わず声を上げた黒江に、女がビクッと身体を震わせ、本当に驚いたように顔を引きつらせた。

「そんな…、私がこちらから高視様を大拝殿までご案内申し上げたんですよ？」

「けれど――」

「待て、黒江」

さらに詰めようとした黒江を、守善が止める。そして女に向き直った。

「おまえが案内した時、東雲公はすでに着替えておられたのか？」

「は…はい。本当はお手伝い申し上げなくてはいけないところだったのですが、ずいぶん早くにこちらに入られていたようで、私がまいりました時にはもう」

——何かがおかしい……。

ひどく胸騒ぎがした。

「面も？」

そして続けた守善の問いに、黒江はハッとする。

「はい、すでにおつけになって、すべて準備は整っておられました」

「わかった。——黒江」

一つうなずき、守善が黒江を呼んで、そのまま大股に廊下へと出た。

雪豹が足音もなくそのあとに続き、黒江もあわてて追う。

「七位様……」

「つまり急な代役ということではなく、あらかじめ準備されていた偽物ということだ」

背中に呼びかけた黒江に、守善が重々しく口にした。

そう。そういうことになる。

「問題は、東雲公ご自身が代わりを準備したのか、他の者か、ということだ」

「そんな…、高視様ご自身がそんなことをする必要は……」

そちらの可能性は考えておらず、黒江は愕然とする。

「何かのいたずらか…、他にお考えがあってのことか」

「このような大事な席で、そんないたずらをされるような方ではありませんっ」

二十年に一度の儀式なのだ。

「まぁ、そうだろうな」

思わず声を荒らげた黒江に、動じた様子もなくあっさりと守善がうなずく。

「何者かが偽物を仕立てたとすれば、東雲公はさらわれた可能性もある。しかし、いったい誰が何のためにというのは、まったくわからんな…。さほど敵のいる方とは思えないが」

確かに、それは黒江にも疑問だった。高視を「政敵」と認識するような立場の人間はいないはずだし、個人的な恨みを買っているとも思えない。

あるいは女性関係かもしれないが、しかしわざわざ遷宮の日を狙って誘拐するなど、そんな派手なことをする必要もないはずだ。ここまで大がかりなことができそうな相手も、心当たりはない。

「――あっ」

と、ふいに思い出して、黒江は声を上げてしまった。

「どうした？」

「あ…、いえ。そういえば、高視様にはゲイルが……守護獣がついているはずです」

首をかしげた守善に、黒江は小さく言った。

そうだ。ゲイルがついていれば心配はない。

黒江が邪険に追い返したあと――。

おそらくゲイルは、高視のところへもどったはずだから。

「ああ…、そういえば、クマの守護獣をお持ちだとか」

ふむ、と守善がうなずく。

「だとすれば、宮中でそうそう危険な目に遭われることはないのかな」

「その、ただ、ずっと側についているわけではないようですし…」

日頃の行状を思い、いくぶん歯切れ悪く黒江は口にした。

「守護獣なのに？」

怪訝そうにそう聞かれると、やはり普通ではないのかな、という気がしてしまう。

「まあ確かに、四六時中一緒というわけでもないがな…。宮中で命の危険があることは少ないし、こいつも他の守護獣たちと一緒の時も多いし」

苦笑して守善に続けられ、……しかし、宮中でなくとも、結構、一緒でないのが問題なのだ。

再び神殿の大拝殿の手前までもどってくると、守善が黒江に向き直って言った。

「とりあえず俺は、一位様に報告してから、奉納舞いが終わるのを待つ。舞い人に聞けば、少なくとも誰に頼まれたのかはわかるはずだからな」

言われて、黒江もはい、とうなずく。

守善と雪豹が、貴賓席があるあたりへと回っていくのを眺めながら、黒江はそっと息をついた。

本当にいったい……どうしたんだろう?

七位様にああは言ったが、もし高視がこの儀式を壊すつもりならば、自ら姿を消したとしてもおかしくはない。ただそれなら、わざわざ代役を立てる必要などない。

わからないことが多すぎた。

楽の音はまだ続いているようで、このあたりにもか細く聞こえてくる。奉納舞いのあと、巫女たちの祈りがあり、そのあと、祭主を代表して一人がご神体を七階の——東の神殿も、西とまったく同じ造りになっている——本殿まで運ぶことになっている。

月神のご神体は、黒江はもちろん見たことはなかったが、満月のような丸い鏡らしい。

そしてその役目には、朔夜が指名されていた。

正直、黒江としては意外だった。もっとも長く祭主を務めている、天満が務めるのが順当ではないかと思うのだが……、若い者に花を持たせた、ということだろうか。

あるいは、野放図な朔夜に責任ある役目を負わせ、自覚をうながそう、という、年長者たちの考えなのかもしれない。

とはいえ、顔にあれだけ派手な青痣《あざ》を作っている状態で、よくこのような大役を任せる気になったな…、とは思うが。

受ける朔夜も朔夜だが、それはまあ、納得できないでもない。朔夜の性格なら。

とりあえず、いったん他の巫たちのいるところにもどろうと、黒江が大拝殿の隅の入り口から入ろうとした時だった。

「黒江」

背中から呼び止められて、えっ、と振り返る。立っていたのは、初魄だった。

「探しましたよ。どこへ行っていたのですか？」

穏やかな中にも、いくぶんいらだったような響きを感じ、黒江は恐縮して頭を下げた。

「申し訳ありません。その、実は、奉納舞いが……高視様ではないように思いまして。それで……」

どう説明すればいいのか、いくぶん言いあぐねた黒江に、初魄がほう…、と小さくつぶやいた。

「舞いでそれがわかるのですか？」

「それは…、もう何度も高視様が舞われるのは拝見しておりますから」

なるほど、と初魄が小さく微笑む。そしてわずかに身体を傾け、黒江の耳元に口を寄せた。

「……先ほど、あなたにお手伝いをお願いしましたね。実は東雲公にもご協力をいただいているのですよ」

その言葉に、えっ？　と黒江は声を上げてしまった。

「あ…、では、高視様は…？」

「一緒に来てくれますか？　こちらにおられますよ」

そう言うと、するりと身を翻し、初魄が大拝殿をまわりこむようにして裏側へと歩き出した。

あわてて、黒江もあとを追いかける。

それにしても――。

「あの…、まだ儀式の最中なのに、祭主様が大拝殿においでにならなくてもよろしいのですか…？」

おずおずと前を行く背中に尋ねた。

「ええ。儀式は滞りなく進んでいますからね。月神を本殿へお連れする役目は朔夜殿が受け持たれておりますし。私たちには別のお役目もあるのですよ」

さらりとそう言われると、黒江としては納得するしかない。神宮での儀式のすべてを知っているわけでもないのだ。

いくつか角を曲がり、細々と聞こえていた楽の音がいつしか途絶え、やがて行き当たった扉の一つを、初魄が無造作に開いた。

初めて入ったはずだが、どことなく見覚えがあるのは、西の神殿の方で同じような部屋を見ていたからだろう。

柊や橘たち、事務方の祭司たちが詰め所として使っている一室だ。

まだ引っ越し荷物を運んできただけで、部屋の一角に机やイス、書類などが木箱に入って積み上げられている。

初魄はさらに奥へ進み、別のドアを開いて中へ入る。確か仮眠室になっており、当番の祭司が神殿に泊まる時に使われているはずだ。

意味もわからないまま、黒江もあとに続いて入ると、そちらもまだ使う準備はされておらず、造りつけのベッドが部屋の隅にあるだけの、簡素な一室だった。

こんなところで何を…？　と思っていると、初魄はそのベッドの手前で膝をつき、木製の脚の一つについていた三日月の浮き彫りをグッと押す。

ふと、その三日月をどこかで見たような気がしたが、すぐには思い出せない。もっとも月都だけに、月のモチーフが多い神殿ではある。

と、蓋《ふた》のようにその浮き彫りがわずかに横にずれ、鍵穴が現れた。

ただ目を丸くして見つめる黒江にかまわず、初魄は懐から取り出した鍵束から、一つの鍵をそこに合わせ、グッとベッドを手前に引く。

すると、床板が浮き上がるようにぽっかりとその下に穴が空いていた。

思わず黒江がのぞきこむと、闇に吸いこまれるように、らせん状の階段が下へと伸びている。

「これは……」

さすがに驚いて目を見開いた黒江を振り返り、初魄が静かに微笑む。

「神殿には地下室があるのですよ。めったに…、そう、遷宮の儀式の時にしか使わないのですがね。

……さあ、あなたが先に降りてください」

うながされ、さすがに足を進めるのを躊躇《ちゅうちょ》した黒江だったが。

「東雲公も下で待っておられますから」

その言葉に意を決して、足を踏み出す。

しかし少し行ったところで、ふいに頭上で軋むような音がし、薄く差していた光がふっと途切れた。どうやら床の出入り口が閉じられたようだ。まわりが漆黒《しっこく》の闇に閉ざされる。

「しょ…初魄様…っ?」

思わず壁に手をつき、声を上げた黒江に、大丈夫ですよ、と落ち着いた声が返ってくる。

「すぐに目が慣れます。そのまま、壁に手をついて降りていってください」

うながされ、さすがに不安が胸をよぎったが、このままここにいるわけにもいかない。

唾を飲みこみ、黒江は壁に手を当てたまま、段を確認しながらゆっくりと降りていく。

幸い、階段はさほど長くはなかった。降りた先の方でぼんやりと明かりが灯っているのがわかり、どうやら長い廊下になっているようだ。

「進んでください」

とまどっていた黒江に後ろから声がかかり、仕方なく明かりに向かって進んでいく。自分と、もう一つの足音だけが、コツコツと反響する。

行き止まりが角になっており、さらにその先も長い廊下が続いている。ただそこからは、両側にポツポツと明かりが灯されていた。かろうじて足元が見える程度だったが。

廊下は長く、何度も何度も、薄明かりの中を折れ曲がるようにして角を曲がり、だんだんと方向感覚が失われてくる。すでに神殿のどのあたりなのかもわからない。

そしてようやく行き着いた先には、扉が一つ。

「さあ、着きましたよ」

すぐあとから来ていた初魄が追いつき、静かに微笑むと、グッとその扉を引き開けた。

「あ……」

中は、廊下とは比べものにならないほど煌々《こうこう》と明かりが灯されており、そのまぶしさに一瞬、黒江は手で目をかばう。

それでも少しずつ慣れてきて、ようやくあたりを見まわすと、さほど広くはない一室だった。もちろん窓はなく、壁のあちこちで燭台《しょくだい》の明かりが灯されている。

そして中央には、大きな石棺《せっかん》のようなものが鎮座していた。まわりに何かの彫刻が施された、重厚なものだ。

「何ですか、ここは……？」

初魄に押し出されるようにして、数歩だけ中へ入り、さすがにとまどって黒江は尋ねた。

見たことのない部屋だった。神殿の地下にこんな部屋があることも知らなかったが、……いったい何のための部屋なのかわからない。

ただひやりと肌を刺すような空気に、どこか禍々《まがまが》しいものを感じた。

この小さな部屋の中に、石棺を囲むようにしてすでに五、六人の人間がいる。

だが、異様な姿だ。

みんな真っ白なローブの衣装で……特別な儀式なのだから、それはいい。だがその上から、さらに白いマントを羽織っていた。フードが深く、目のあたりを残してすっぽりと顔を覆い隠している。

「高視様は…、いらっしゃるのですか？」

不気味なものを感じながらも、誰だかわからないその人間たちを見まわして尋ねた黒江だったが、答えはない。

ただ喉の奥で、さざめくような笑いが起きる。

「ここにはいませんよ」

朗らかに、後ろに立っていた初魄が答え、ついでバタン…、と扉の閉まる重い音が響いた。

「いったい……？」

急激に不安が押しよせてくるのを感じながら、黒江は知らず言葉を落とす。

「なんとか間に合ったようですねぇ…。ハラハラしましたよ」

ふう…、と息をつき、一人の男が口を開いた。

聞き覚えのある声に黒江がハッとそちらを振り向くと、ローブの中で低く笑って、男が頭の部分の布をするりと外す。

「た…橘さん……？」

黒江は思わず目を見張った。

ハッと、そういえばさっき上で見た三日月の浮き彫りは、橘が持っていた鍵束にもついていたものと同じだと思い出す。

さらに、橘と合わせてフードを外した数人の顔に、黒江は混乱した。

「え…、どうして……？」

みんな、見覚えのある顔だ。顔見知りの祭司たち、そして巫として一緒に務めた者も二人ほどいる。

「あなたたちは……、ここでいったい何を……？」

次第に喉が渇いてくるような感覚を覚えながら、黒江は無意識に後退った。

「儀式ですよ。二十年に一度の、ね」

しかしすぐ背後で初魄の声が聞こえ、ビクッと背筋を震わせる。

「儀式……？」

——遷宮の？

「どういうことです…？　遷宮の儀式以外に……何かあるのですか……？」

震える声で、黒江は尋ねる。

だが、考えられなかった。公式なものであれば、こんな地下でやるようなことではない。

それに、祭主や祭司、それに巫と、いったいどういう意味があってこの人たちが集まっているのか。

年齢も地位もバラバラだ。

初魄や橘たちは神官だが、黒江と同じく巫として来た者は、本当に今日の遷宮のためにたまたま集められたに過ぎない。――はずだ。

神官たちと一緒になって、こんな特別な儀式などやる立場とも思えない。

「まったく、この日を待ちくたびれましたよ…」

やれやれというように、橘があからさまに首を回してみせる。

「たかだか十年ではないか。おまえなど、待っていたうちに入らんわ」

それに、石棺の向こうでまだフードをかぶったままの男が吐き出すように返す。かなり年配の男のようだ。

「まあ、そりゃあ、天満様に比べればねぇ…」

薄笑いを浮かべ、気安い調子で口にした名前に、黒江は衝撃を受けた。

「天満様……？」

まさか、天満までも……？

舌打ちするようにして、男がフードを外す。

間違いなく、天満だ。祭主としてもっとも長く務め、実質的に神宮庁の長とも言える男。

「わかるでしょう？　これがどれだけ特別な儀式かは」

背後で初魄が微笑んだ。

「特別…？」

振り返った黒江は、震える声で尋ねた。じっと男を見つめたまま。恐ろしくて、目をそらすことができなくなっていた。

明らかに、おかしかった。この集まりは。

「今から、特別な守護獣を呼び出すのですよ」

――守護獣を……呼び出す？

軽やかに答えられたが、意味がわからなかった。

そしてハッと思い出す。

「高視様をどうしたのですかっ？」

「ああ…、東雲公」

それに初魄が苦笑してみせた。

「あの方はどうも…、何をどこまで知っておられるのかわからなくてね」

「おまえを送りこんできたのも何か目的があってのことかと思ったが…、おまえは自分の母親のことも知らなかったみたいだしな」

橘があとを継ぐように口を挟む。

「私の…、母……？」

「だが典礼院から来たおまえの顔を見かけた初魄様が、おまえは間違いなく椿という巫女の息子だと。ちょうど二十年後に現れたのは、今度こそ務めを果たすためだってね。だからわざわざ、巫に決まっていた一人を辞退させて、おまえを来させるように手を回したんだぜ？　ま、俺はその椿って巫女の顔は知らないが、……そうだなぁ、確かにおまえと生き写しっていうんなら、たいした美人だったんだろうな」

――今度こそ？

どこか楽しそうに言われ、ふっとそんな言葉が引っかかる。

それでも、母のことの方に意識が向いていた。

「母を……知っているのですか？」

初魄に向き直って、黒江は尋ねる。

「ええ。二十年前は、まだ父が祭主をしていましたがね。私も祭司としてこちらに務めていましたから」

天満も忍び笑いするように言った。天満はおそらく、二十年前から祭主を務めていたのだろう。

「ああ…、確かにおまえとそっくりだったよ」

「それで、高視様をどうしたのですっ!?　あなた方は何をする気なんですかっ!?」

我慢できなくなって、黒江は声を荒らげた。

つまり母のことに――母の事件に？　むしろ、高視を巻きこんだということなのだろうか？

そんな不安が胸を押し潰していく。

「心配しなくとも、東雲公はご無事ですよ。ただ二十年前のように、思わぬところから邪魔が入っても困りますのでね…。しばらく身柄を拘束させていただいているだけです」

薄く微笑んで言うと、初魄がいきなり黒江の腕をつかんだ。

「なっ…、何を…っ！」

あせった黒江にかまわずそのまま引きずるようにして石棺まで連れて行くと、他の男たちが黒江の足を持ち上げて、冷たい石の上に張りつけるようにして押さえこむ。そして手際よく両手がそれぞれに縄《なわ》で縛られ、石棺の下に引っかけるようにして固定された。

「離して…っ！　離してくださいっ！」

黒江は必死に暴れたが、すでに上体を起こすこともできなかった。着ていた衣装の裾《すそ》が乱れ、腿《もも》のあたりまで足が剝《む》き出しになってしまう。

「うわ…、こりゃ、たまんねぇなァ…。いや、マジ、何度かやっちまおうかって思ったもんな。こいつ、スレてなくてカワイイし」

低く笑った橘の手のひらがいやらしく足を撫で上げ、黒江は喉の奥で短い悲鳴を上げる。ゾッと背筋に寒気が走った。

「やめなさい。この子はあなたが遊んでいい子ではありませんよ」

が、ぴしゃりとその手を初魄に払われて、橘が不機嫌に鼻を鳴らす。

「だいたいあなたは見境がなさ過ぎます。気に入った女と見ると、すぐに手を出して。どれだけもみ消してあげたと思ってるんですか」

「ハイハイ。祭主様には感謝申し上げてますよ」

ふて腐れたように言って、橘が肩をすくめた。そして、懲《こ》りないようにへらへらと笑う。

「一度なんか、出るところへ出て訴えるって息巻いた女をうっかり殺しちゃって…、あの時は皆さんにも迷惑をかけちゃいましたからね」

「まったく…、橘さんには困ったものですよ。大事な時期だったんですよ？　よけいな注意を引かないでもらいたいですね」

黒江と同じ巫として来ていた一人が、そんな辛辣な言葉を吐く。

「うるせぇよ、ガキが。こっちは、こんな辛気くさいところで十年も我慢してるんだっ」

橘がいらだたしげに吐き出した。

「まあまあ…、それも今日の日のためですからね」

祭司の一人がなだめるように口を開く。

――橘が……そんな……。

頭上で交わされる会話に愕然とするとともに、彼らの立場や年齢を超えた、妙に馴れ合った空気に黒江はとまどった。

――何なんだ……、この人たちは……？

そんな不気味さだ。

その黒江の表情に気づいたように、初魄が上からのぞきこんでうっすらと笑った。

「ようやく…、百年に及ぶ私たちの宿願が叶うのですよ」

意味がわからず、かすれた声がこぼれ落ちる。

「ええ、私たちが祖先から受け継いだ宿願ですよ。百年以上の時間をかけて、私たちは準備してきたのです」

「まったく二十年前は……、せっかくの千載一遇の機会をあの男に邪魔されたからな。おかげで二十年……、二十年だぞ!? 時間を無駄にすることになったのだ…！」

腹立たしげに、天満が黒江の顔の上で唾を飛ばすようにしてわめいた。

ふだんの温厚さはカケラもない。

——あの男……？

頭の中が整理もつかないまま、黒江はその言葉を反芻《はんすう》する。

「そのうえ、今回はいかにもタイミングが悪い。ペガサスの守護獣を持つ一位様が、実質的に国を動かしているのですからね。かといって、次の二十年先、四十年先では、さらにその力は大きくなるばかりだ。本当なら一位様がまだ幼かった二十年前が、まだいい時期だったはずなんですけどね」

初魄がため息をつくように言って、小さく首を振った。

「私たちが生きているうちでは、今回が最後のチャンスかもしれませんからね」

「あたりまえだ。この先二十年なんか、待てるかよ…！」

橘が鼻息も荒く言い放った。

――二十年。

その言葉に黒江はハッとする。

「いったい…、何があったんですかっ？　二十年前に…！」

叫ぶように尋ねていた。

「今のおまえと同じように、椿もその台の上にいたのだよ」

低く笑うように天満が言った。

「母さんが……？」

一瞬、血が引くような思いで、黒江は身を強ばらせた。

母が……今の自分と同じように？

「最強の守護獣を呼び覚ます、その聖なる生け贄《にえ》として捧げられるはずだった。あの男が…、将朝が邪魔さえしなければな…！」

カッ、と目を見開いて、天満がその時のことを思い出したように顔を紅潮させる。

――将朝。父……のことだろうか？

黒江は心臓がものすごい勢いで鳴り始めたのを感じた。

二十年前。

「では…、父は……？」

無意識に、黒江は震える声でつぶやく。

「椿と恋仲だったのは確かなようですね。あの時にはすでに、あなたを身ごもっていたわけですし？

月読みの巫女を相手に、仮にも皇子が不埒《ふらち》なことだ…」

初魄が鼻を鳴らすようにして返す。

「どうやら椿は、神殿内の私たちの動きに不審を持ったようでね。それを男に相談していた。おかげで二十年前の遷宮の日、私たちの秘儀は邪魔されたわけですよ。なにしろ、私たちの守護獣は二十年に一度しか、その目覚めるタイミングがない。ご神体が錠《じょう》になっていましてね。ご神体が本殿から離れる、遷宮の日の今この瞬間です。月神が動くその波動を感じとり、月神を食らって完全な形になるのですから」

「では、父が神官を殺して母と逃げたというのは…っ？」

そんな初魄の言葉もなかば耳に入っていないまま、黒江は必死に食らいつくようにして尋ねた。

「ああ…。ええ、椿を助けるために、私たちの仲間の一人をね。その男の父親ですよ」

初魄が無造作に顎で指したのは――橘だ。

ハッと向き直った黒江に、橘が唇で笑う。

「そうさ。おまえのオヤジに俺のオヤジは殺されたわけだ。もっとも将朝は椿を逃がすのが精いっぱいで、そのあと天満様たちに殺されたわけだけどな」

「殺された…!?」

あっさりと言い放たれて、黒江は全身が凍りついた。

「仮にも皇子の死体をそうそう放り出せませんからね。こっそりと処分して、逃げたことにしておいた方が簡単だったんですよ」

さらりと初魄が続ける。

「そんな…、そこまでして、あなたたちはいったい何をするつもりなんですか……っ？」

底知れない不気味さ、なにか狂気のような恐ろしさを感じながらも、黒江は悲鳴のような声を上げて聞いていた。

「言ったでしょう？ 最強の守護獣を呼び覚ます……いえ、誕生させるのですよ。今、あなたの下に眠っているキマイラをね！」

「キ…マイラ……？」

抑えきれない興奮をにじませて声を上げた初魄に、黒江は呆然とつぶやいた。

とても頭がついていかない。

「聞いたことがありますか？ 前は獅子《しし》、真ん中が牝山羊《めやぎ》、後ろが大蛇。……ええ、伝説の怪物ですよ。百年の時をかけて、私たちの先祖が造り上げてきたのです。まさにこの場所、神殿の下でね。黒江、あなたはその守護獣の眠る棺の上にいるわけですよ」

初魄の言葉に、黒江は背中をつけている石棺から何かが這い上がってくるようで、恐ろしい化け物が今にも飛び出してきて頭から呑みこまれそうで、ゾッと全身が震えてしまう。

「キマイラが生まれれば、どんな守護獣よりも強い。守護獣の力で国を支配してきた月ノ宮家を、一気に蹴散らすことができる。俺たちがこの国を…、いや、北方一帯の王となることができるんだ！」

橘が目をぎらつかせるようにして叫び、哄笑《こうしょう》した。

「そんなことが……」

頭の芯が痺《しび》れてくるようだった。

とても本気とは思えない。世迷い言としか思えなかった。

「信じられませんか？　しかしペガサスという存在自体、そういう意味では伝説でしかなかった。歴史書に書かれていたとしてもね。目の前に見せられるまで、それが実在したと思っていなかった人間も多いでしょう？」

微笑むように初魄に指摘され、黒江はただ目を見開いたまま、唾を飲みこんだ。

……確かにそうかもしれない。しかし。

キマイラ？　そんなものが本当に造れるのか。自分の下に、それが息づいているというのか……？

ちらっと天満が懐から出した時計を見た。

「そろそろ朔夜がご神体を動かす時間だな。ふん。あの男にも使いようがあったというわけだ」

「二十年前は、天満様も先代の朔夜様を言いくるめるのに苦労なさっていたようですからね」

皮肉な天満の言葉に、初魄が薄く笑う。

「すぐ側で何が起きているのかも気づけぬ、愚鈍な男だったよ。先代の朔夜はな。ただいろと神殿内のチェックが細かすぎるのがな…、少々、うっとうしくなっていたが」

「その方からあのような突飛な息子が生まれるというのも、おもしろいところですがね」

初魄のそんな言葉とともに、ふいに扉がノックされた。

一同がハッと注視する中、入ってきたのはやはり白い衣装の男だ。見覚えのある、中堅の祭司の一人だった。

男は自分に向けられる視線の強さに一瞬たじろぎ、それでもまわりに向かってガクガクとうなずいてみせる。

「始まりました…。朔夜様がご神体の月鏡を本殿へ移す儀が執り行われております」

どうやらその報告を待っていたらしい。

初魄と天満が視線を交わしてうなずき、初魄があらためて黒江の頭の横に立った。

「さあ…、では始めましょうか」

厳かな、しかし必死に声がうわずるのを抑えているようでもあった。

黒江は瞬きもできずに息をつめたまま、ただ目の前にかざされた短剣を見つめる。

「ご神体の鏡に我らの守護獣の姿が映れば…、キマイラは完全体になるのですよ。……もっとも、その前にあなたの身体は守護獣の最初の糧になるでしょうが」

――糧。つまり、食われる、ということだ。

息遣いが荒く、小刻みに全身が震えてくる。知らず涙がにじんだ。

恐怖もある。悔しさも。

こんな……父を殺した人間に、自分も殺されるのか——と。

それよりも、その化け物など目覚めさせてはいけなかった。本当にそんなものがいるとしたら、どれだけの混乱を招くことになるのか。

再びすっぽりと白いフードで顔を覆った男たちが、石棺を……黒江を取り囲むようにして立ち、口の中で低く、意味不明な詠唱を始める。

何かの呪文のようなその祈りが、黒江の身体をじわじわと蝕《むしば》んでいくようだった。

「く…っ…！」

黒江は必死に腕を引っ張って逃れようとしたが、きっちりと縄で固定されていてまともに身動きがとれない。

やがて詠唱がピタリと止まり、黒江はハッと身を固くした。

初魄が振り仰いだ短剣の刃先が、目に焼きつく。

ゆっくりと振り下ろされ、それは黒江の手首のあたりをスッ…となぞった。

「あ……」

喉の奥から引きつった悲鳴がこぼれる。

手首の上を、生暖かい鮮血が流れていく感覚が伝う。

その短剣が横の男に手渡され、さらにその刃先が黒江の胸のあたり——心臓、だろうか。薄く皮膚を裂く。そして次に回された男は黒江の脇腹を、その次は足を。

ひとめぐりするうちに、黒江の全身から少しずつ血が滴り落ち、石棺の上にたまっていく。

血が石棺に染みこみ、匂いがいっぱいに広がる。

やがて、ガタッ…と小さく、石棺の蓋が動いたような気配がした。

「お…おお…っ」

「う…動いたぞ……！」

まわりで見つめていた男たちの口から、感嘆のような、ため息のような声が落ちる。

ガタッ…ガタッ…、とやがてその振動は、身体の下で否定できないほどはっきりとしたものになっていく。

黒江はもう、悲鳴も出せなかった。

痛みよりも恐怖で、気を失いそうだった。

荒い、自分の息遣いだけが耳につく。

……いや、石棺の中の怪物の息遣いまでも聞こえるような気がした。

――こんな……、こんな死に方をするのか。

体中が恐怖でいっぱいになって、声にならないまま、涙が溢れ出す。

『ほら、もう大丈夫だ。泣くなよ。俺がいるから』

ふいにゲイルの声が耳の奥によみがえって、黒江は泣きながら笑いそうになった。

ゲイルには、二度、助けてもらった。いや、もっと何度も、だ。

川で溺《おぼ》れそうになった時とか、馬車にひかれそうになった時とか。本当に数え切れないくらい。いつも側にいて、助けてくれた。

『俺がどんな時でも絶対に助けてやるから。それだけ、覚えてろ』

……だが、それはあり得なかった。

今は高視が、どこかに捕らわれているのだ。

守護獣であるゲイルは、主を助けなければならない。何よりも、一番に。

黒江のことなど、気にかけている時ではない。

『いつだって…、俺がいる』

かっこつけた声。

——嘘つき……！

わかってはいたけど、理不尽に心の中で叫ぶようになじった時だった。

ふいに、バリバリ…ッ、と何かをたたき壊すような音が響いたかと思うと、次の瞬間、黒っぽい大きな塊が扉をぶち破って、転がるように部屋へ飛びこんできた。

『——クソッ…、この狂人どもがっ！』

野太い声が轟《とどろ》き、同時に立っていた男が二人ほど、腕の一振りで一度に弾き飛ばされる。

「なっ…、——クマ……!?」

「どうしてクマが…っ？」

驚愕に目を見開き、動揺とあせりで悲鳴のような声が上がる中、太い腕を振りまわして、あと数人を殴り飛ばす。

「ゲイル…っ」

横目にできただけだったが、ほとんど容赦をしていなかったらしく、軽々と男たちの身体は飛ばされ、ものすごい勢いで壁に激突した。そのまま床へすべり落ち、失神した者もいたようだ。

『黒江っ！　おいっ、黒江っ？　大丈夫かっ？　生きてるかっ？　おい！』

そのまま黒江のところまで突き進んできたゲイルが、急いで縛っていた縄を引きちぎり、黒江の身体を抱き起こす。

『おまえ…、血まみれ……』

「大丈夫です……。深い傷はありませんから」

愕然としたようにつぶやいたゲイルに、黒江はようやく言葉を押し出した。

ぎゅっと、無意識に指先がふわふわした毛を引きつかむ。

『黒江……』

自分でもわからないまま、小刻みに震えていた身体が強く抱きしめられ、ぽんぽんとあやすように背中をたたかれて、ようやく気持ちが落ち着いた。

安心する。やっぱり、どこよりもこのクマの温かい腕の中が。一番。

それでも、ハッと思い出した。

「それより…、ゲイル、あなた、高視様は…っ？　高視様はご無事なんですかっ？」

あせって顔を上げ、黒江は問いただした。

高視を助けたあとで、その命令で黒江を探しに来てくれたのだろうか？

『高視？　いや、それは知らないが……』

「知らないって……あなた！」

きょとんと答えたゲイルに、黒江はあせった。

『だって、俺はずっとおまえのあと追ってたしな。男と一緒に入ったはずの部屋の中で消えた時にはあせったぜ…。あとで部屋に入ってった男をこっそり見張ってたら、こんなところに行き着いたけどな』

……どうやらそういうことらしい。

ゲイルが主である高視よりも、自分を先に助けに来てくれたのだとしたら……やはりうれしい。

うれしいと思ってしまう。

だが、それは正しい守護獣のあり方ではない。

「高視様もどこかにさらわれたんですよ!?」

『ああ…。まあ、多分大丈夫だろ、あいつは』

「多分って！」

カリカリと爪の先で頭を掻いてあっさりと言い放たれ、……とても守護獣の言い草とは思えない。

と、その時だった。

ゴッ…、と何かを引きずるような重い音が耳に届いたと思った瞬間、石棺の蓋が弾け飛ぶ。

と同時に、黒い塊が――ゲイルよりもさらに黒い、いびつな影が飛び出してきた。

――あれが……キマイラ？

はっきりとは見えなかった。だが確かに、後ろの方は巨大なヘビのしっぽのようにも見えた。

しかし確かめる間もなく、それはすさまじい音を立てて石造りの天井を突き破り、それと同時に一階の床が積み木のように崩れて落ちてくる。

『危ない…っ！』

とっさにゲイルが腕の中に抱えこむようにして黒江をかばった。

地鳴りのような揺れと轟音に、立っていた男たちがいっせいに床へ倒れこみ、転がるように壁際へ逃れている。頭を抱えて必死に落ちてくる石を避けているようだが、何人かは身体を挟まれたらしく、悲鳴やうめき声もあたりに響いた。

しばらくしてようやく耳をつんざくような崩落の音が止むと、ふー、と長い息をついて、ゲイルがそっと腕を離してくれる。

「だ、大丈夫ですか…っ？」

『ああ、俺はなんともないよ。この程度はな』

あせって尋ねた黒江にあっさりと答えたが、ゲイルの側にはかなりの大きさの石も落ちていた。無意識のように後頭部を撫でているところを見ると、まともに頭に当たったのもあったのだろう。

「やった…！」

「目覚めたぞ…っ」

しかしふいに、何人かの快哉を叫ぶ声が耳に届き、と同時に頭上から悲鳴や怒号がはっきりと聞こえてきて、ハッと黒江が振り仰ぐと、天井には大穴が空いていた。

そして、美しい神輿が吸いこまれるように穴の中に落ちてくる。

ゲイルの腕に引きよせられてとっさに距離をとったが、神輿は蓋が開き、空っぽになった石棺の上に落ちて、いくつかの木片に砕け散った。

なるほど、確かに大拝殿の真下だったようだ。

幸い神輿のまわりに人はいなかったので、人間が落ちてくることはなかったが、それでも当然、上の大拝殿の方ではものすごい騒ぎだった。

大勢の賓客たちと、陰謀とは無関係の大多数の神官たちは、突然のことでわけもわからないだろう。

その中でも、千弦の凜とした声は突き抜けるように響いていた。

「守善！　その化け物には手を出すなっ！　兵たちには中の者を避難させろっ！」

さすがは的確な指示だ。生身の人間が相手にしていいモノではない。

「いったい……、なんだ、これは……!?」

そしてそれとは別に、聞き覚えのある野太い声が落ちてきた。

朔夜が巨大な穴から下をのぞきこむようにして、いつになく驚愕した声を上げている。

どうやらご神体を移している最中だったらしく、腕に抱えるようにしていた鏡が光を反射してまぶしく目を刺した。

それに、黒江はハッとした。

「鏡を……！　ご神体を表に向けてはいけませんっ！」

とっさに叫んだ。

――鏡に守護獣の姿が映れば完全体になる。

確か、初魄がそう言っていたのを思い出す。

しかし朔夜の方は、その声が届いていたとしても、とっさに意味がわからなかったのだろう。

キマイラ――なのか、黒い塊が吹き抜けの神殿のてっぺんまで飛んで、跳ね返るように、朔夜の上からものすごい勢いで下降してくるのが見えた。みるみる迫ってくる。

『鏡をよこせっ！』

ゲイルが下から叫んだ。

「あぁっ？　えっ？　――くそっ！」

まったくわけがわからなかったに違いない。しかも、ご神体なのだ。万が一、割れたりしたら取り返しがつかないことで、普通の人間なら当然、躊躇するところだった。

だがさすがにそこは朔夜らしく、思い切りよく手放した。

落下してくる鏡をゲイルが受け止め、とっさに腕の中に抱えこむ。

だがそのゲイルに向かって、キマイラはまっすぐに、矢のような速さで向かってくる。

何か、地の底から這い上がるような、全身の毛が逆立つような気味の悪い鳴き声を上げて、キマイラが大きく口を開いた――ように見えた。

そのまま、ゲイルを呑みこもうとするかのように。

「ゲイル……！」

自分の口から発したとはわからないまま、悲鳴のような声が迸《ほとばし》る。

しかし、キマイラが穴に飛びこんでくる寸前だった。

いきなり現れた白い光がぶつかるようにキマイラに飛びかかったのがわかる。

純白の翼の――ペガサスだ。

はためきながら、ペガサスがキマイラの……獅子の首あたりだろうか。噛みついたように見えた。

押さえこまれ、キマイラがそれこそ怪鳥《けちょう》のような声を上げて暴れ回る。

白と黒がしばらくもつれ合うようにして頭上で争っていたが、やがてキマイラがぐったりと力をなくしたように動かなくなった。

ペガサスが口を離すと、そのまま引っ張られるように落下してくる。

そのまま蓋の開いた石棺の中へ落ちていった。

「ゲイル！　蓋をしろっ！　急げっ」

呆然とそれを見つめていた黒江たちの上から、ピシャリと指示が飛んでくる。

高視の声だった。

男一人くらいの力では到底持ち上がりそうにもない分厚い石の蓋だが、今のゲイルはクマの本体だ。うぬっ、と力を入れて一発で持ち上げ、その勢いのまま石棺にかぶせた。

あぁぁぁぁっ！　と悲鳴なのか、怒号なのか、床で倒れていた誰かが——初魄か、天満かもしれない、声を上げたのがわかる。

彼らの言う、百年をかけた国家転覆の野望が潰《つい》えた瞬間だった。

『ペガサスのいる御代《みよ》にすることじゃねーよな…』

ポツリと横でゲイルがつぶやいたが、逆に言えば、こんなヤツらが出てくる恐れを見越して、ペガサスがこの時期に現れたのかもしれない。

ハッ…と黒江は頭上を振り仰いだが、すでにそのペガサスの姿は消え、千弦がテキパキと命令を出していた。

「負傷者の手当てを。——それと、あの者たちの屋敷を捜索し、家人はすべての調べが終わるまで足止めしろ。容疑は、王家に対する反逆罪だ」

すでに逃走する気力もないようで、初魄たちは守善の配下の兵に引き立てられていった。

「黒江！　大丈夫かい？　上がっておいで」

上から高視に呼びかけられ、はい、と黒江は大きく返した。

さすがに天井から崩れた床の残骸を伝って飛び降りてくる兵たちと違って、そのまま上がっていくこともできず、例の長い廊下と階段を使うことになる。

「行きましょう」

うながして歩き出そうとすると、むーっ、と横でゲイルが低くうなった。

『なんか、やっぱりペガサスにオイシイとこ、さらって行かれた感じだよなー』

いくぶん不服そうに口をとがらせる。

「仕方ないですね。ペガサスですから」

クスッと笑って黒江は言った。

だが本当は……黒江としては、自分を助けてくれた大きなクマが一番かっこよかったと思うのだ。

——口にしては言ってやらないけど。


「高視様…！　ご無事だったんですね」

とりあえず止血され、人の姿になったゲイルに抱き上げられて（服は祭司の詰め所から適当に調達したらしい）、黒江はようやく大拝殿へと上がった。間近に高視の顔を見て、ホッと息をつく。

「ああ。七位様に助けていただいたよ」

さらりと微笑んで言われて、思わず悄然《しょうぜん》と頭を下げてしまう。

「……申し訳ありません」

本当なら、ゲイルが行かなければいけないところなのに。

「何も黒江があやまることじゃないだろう？　私は不意を突かれて眠らされていただけだし、ケガも特にないしね。むしろ黒江、おまえの方がすごい有り様だよ」

いつも通り、軽やかに笑い飛ばす。

「あの…！　高視様は……初めから全部、ご存じだったんですか……？」

黒江は思い切って尋ねた。

「全部…、ではないな。だが、私がおまえを利用したことは間違いない」

静かな眼差しでまっすぐに言い切られて、黒江は思わず息を呑んだ。

「おまえを引き取った時から、ずっとそのことを考えていた。十五年。今日のこの日のために、だ」

黒江は言葉もなく、高視を凝視してしまう。

ショックだった。

だが、……なぜだろう？　憎むことはできない。

ぽんぽん、となだめるみたいに、ゲイルが優しく背中をたたく。

「千弦の部屋で話そうか。ここはちょっと騒がしいからね。ちゃんと黒江の傷の手当てもした方がいい。服も替えないと、さすがにみんなが驚くよ」

確かにここでは、大勢の負傷者の手当てやら、崩壊した神殿の状態を確認する者たちやらで、落ち着かない。

いわば、神宮庁の中枢にいる者たちのクーデターだ。

千弦としては粛正すべきところは多い。

とりあえず、一人残った「祭主」である朔夜に、他の神官たちの関与を調べさせ、被害の詳細を出させ、さらには中途半端になった遷宮の後始末も命じたらしい。

「ええええええっ、俺っ!? 俺一人でっ!?」

と、朔夜はどこか情けない声を上げていたが、他にやる者がいないのだから仕方がない。

まあしかし、思い切りもよく、剛胆な朔夜は、大きな改革が必要になってくる今の神宮にはちょうどいい人材なのかもしれなかった。

高視と同じで、仕事さえ与えれば、きちんと成果を挙げられる男だ。

「初めから話そうか」

千弦の部屋に落ち着いて、ソファに腰を下ろしながら高視が言った。

「黒江、おまえも横にすわって」

「い…いえ、そんな、とんでもありませんっ」

そしてあたりまえのようにうながされて、黒江はあわてて首を振る。

とりあえず傷の手当ては受け、服も新しいものを借りていたが、まさかそんな、一位様と同じ席にすわるなどということは考えられない。

――が。

「黒江。おまえは私と同じく一位様の従兄弟で、私の従兄弟にもなるんだけどね？」

苦笑して言われ、えっ？　と素《す》っ頓狂《とんきょう》な声を上げてしまった。

だが……そうなのだ。

実の父親が国王の王弟の一人だった、ということは……そういうことになる。らしい。

「あの…、えっ？　でも……」

混乱してわけがわからなくなった黒江に、横からゲイルがにまにまと口を挟む。

「あ、なんだったら俺の膝の上にすわるかっ？　クマにもどってもいいぞー」

「……失礼します」

おとなしく、高視の隣のソファに腰を下ろすことにする。

しかし、自分が……千弦様の従兄弟？

確かにそういうことになるのだろうが、とても信じられない。実感もない。

「黒江の父親の…、将朝叔父に、私は幼い頃、ずいぶんと懐いていてね」

高視が静かに口を開いた。

「楽しい人だったよ。武人で、文人で、どちらにも才がある方だった。笛がお上手だったし、剣の腕もよくて、部下思いでね。物事をはっきりとさせないと気がすまない人でもあった。神宮庁周辺の警備も担当していてね。私も昔から奉納舞いをしていたから、叔父とは接点が多かったせいもあるのだろうけど、とても親しくしてもらっていた」

「だから…、母とも出会う機会があったということですね？」

静かに尋ねた黒江に、高視がうなずく。

「そうだろうね。叔父は君の母とのことはきちんとするつもりだったと思うよ。月読みの巫女の役目を降りてから、正式に迎えるつもりだったと思う。……まあ、あの時点で黒江がお腹にいたことは、若かったというしかないと思うけど」

両親のそんな生々しい話に、黒江はちょっと赤くなる。

「あるいは関係を持ったことを公表して、すぐにでも巫女を降りざるを得ないようにするつもりだったのかもしれない。だがその前に、叔父は神宮庁の中の怪しい動きに気づいてしまったようだ」

「初魄様…、初魄は母が気づいて父に相談したのだと言っていました」

「うん。どちらが早かったのかはわからないけどね。だがそのせいで、もう少し公表するのを待つことになったのだろう。きちんと調べがつくまではね」

高視が深いため息をついた。

「あの頃…、私は八歳で、まだ子供だった。だから叔父はきちんとした話はしてくれなかったんだよ。ただ神宮の中に信じられないほど大きな陰謀があると。その証拠を見つけなければならないと言っていたんだ。……だが二十年前の遷宮の日、突然、神官を殺して二人で逃げたと言われた。そんなことはあり得ないと、私にはわかっていたよ。だが、八歳の子供の言うことだからね。証拠もなく、神宮に手を出すことはできなかったんだ」

「すまない、黒江」

と、黒江の横で、ソファの肘掛けに腰を預けるようにしていたゲイルが、いつになく低い声で言った。

えっ？　と黒江は瞬きしてゲイルを眺めた。

別にゲイルがあやまるような流れではなかったはずだ。

ちらっと高視とゲイルが視線を交わし、高視が口を開いた。

「黒江、ゲイルは私の守護獣じゃないんだよ。叔父の…、将朝叔父の守護獣だったんだ」

「えっ…？」

呆然と、黒江は本当に声を上げてゲイルを見つめてしまった。

「父……の？」

「そうだ。二十年前の遷宮の日の早朝、将朝は一人で神殿へ行ったようだ。気づいて、俺もすぐあとを追ったんだが…、見つけた時、将朝は意識を失った椿を連れていた。その時、椿を守って逃げろと命じられた。椿と、お腹の子供を守ってくれ、と」

「あ……」

黒江は無意識に息苦しさを覚え、思わず胸のあたりをつかんでしまう。

「言う通りにするしかなかった。ひとまず椿を神殿から外に出して、信頼できる人間に預けた。それから急いで神殿へもどったんだが…、すでに将朝の痕跡は消されていた」

息をつめて見つめる黒江に、ゲイルがわずかに目を伏せる。

「神官が一人、将朝に殺されたと騒いでいたが…、俺は将朝が死んだのがわかった」

静かな言葉に、黒江は大きく目を見開く。

ゲイルが黙って右手を持ち上げて見せる。

「契約している守護獣は、必ず身体のどこかにその証となる輪《リング》を持っている。だが、それがいつの間にか消えていたんだ」

口を挟まずに話を聞いていた千弦が、相変わらずおとなしく横で寝ていたネコを手元に引きよせた。

「ほら…、これだ」

そして前足を黒江に見せてくれる。

確かに、長い毛に埋もれて、赤いリングがはまっていた。

そういえば高視の白鷺も、片方の足に赤い輪があったように思う。単に、高視が与えた飾りかと思っていたのだが。

「俺は…、主だったおまえの父親を守れなかった。それだけじゃない。預けていた椿がいつの間にか姿を消していてな。子供がいる身で、神宮の追っ手を恐れたようだが…、主に言われた最後の命令も守れなかった。俺は……出来損ないの守護獣なんだよ」

「そんなことありません…っ！」

ゲイルの言葉に、黒江は泣きそうになりながら声を上げていた。

「あなたは…、何度も私を助けてくれたでしょうっ？　最初の時だって…、今だって…！」

そうでなくとも、心細い時、いつも側にいてくれたのはゲイルだった。

「少なくとも…、私のことは守ってくれました……っ」

顔を伏せ、必死に涙をこらえてうめくように言った黒江の髪が、そっと、やわらかく撫でられた。

「だったら…、いいんだけどな」

ささやくようなゲイルの声。

「……まあ、それで、野良クマになっていたゲイルを私が拾ったんだけどね。とりあえず椿と、その子供を探すことが先決だった。何か話が聞けるかもしれないと思ったし…。だけど、結局五年もかかってしまったよ。椿は神宮の追っ手をずいぶんと恐れていたみたいだね」

高視がため息をつくように言った。

「野良クマ……ですか」

思わずちょっと笑ってしまった黒江だったが、淡々と続けた高視の言葉にわずかに身体が強ばる。

「だから黒江を見つけたのは、もちろん偶然じゃない。地道に足どりを探したからだ。引き取ったのも、もちろん血のつながった従兄弟だからというのもあるが…、君に事情を話さなかったのは、初めから君を利用するつもりだったからだ。叔父の話から、遷宮の日、というのが重要な鍵になることはわかっていた。だから二十年後の今日、君をぶつけるつもりでいた。これだけ椿に似て育ったんだ。かなり危険な目に遭う可能性は高かったし…、実際にそうだったが」

「高視」

いくぶん露悪的な言い方に、ゲイルが少し強い声でいさめるように呼ぶ。

「本当のことだ。私も…、千弦もね。私はどうしても、叔父の汚名を晴らしたかった」

強い決意を秘めた言葉に、黒江はじっと高視を見つめ返した。

それだけ、父を愛してくれたのだ……と、思う。

黒江が顔も知らない父だ。会ったこともない。触れたこともない。

そういう意味では、高視をうらやんでいいはずだった。きっとたくさん話して、可愛がってもらって、遊んでもらって。ずるい、となじってもいいはずだった。

——だが。

「ありがとう……ございます」

黒江は静かに言った。

自分の知らない父。だが高視は、ゲイルを拾ってくれたのだ。そして自分を探してくれた。

ゲイルがいたから……、今までずっと淋しいことはなかった。

「黒江……」

高視が言葉を失ったように言い淀む。

そんな空気を気にせず、なのか、あるいはあえて、なのか、千弦が口を開いた。

「私はむしろ、神宮庁の大きな陰謀ということの方が気にかかっていたからな」

シビアな一位様の顔だ。

「だからできるだけ、高視には協力した。十年前には柊を神宮へ潜りこませたしな」

えっ、と千弦は弾かれるように顔を上げた。

「では、柊さんは…？」

「私の配下だ。すまない。君が柊を見張ることで、逆に柊が君に注意を向けておくことができたからね」

なるほど…、と黒江は大きなため息をついた。

「でも、十年も前から……」

ずいぶんと気が長い話だ。

「高視が私に相談に来たのはちょうど二十年前だからな。そのくらいの手を打つ時間は十分にあった」

「どんなガキどもだ……」

ゲイルがなかばあきれたようにうなる。

あ、と黒江は思い出した。

だとすると、あの時裏庭で柊を見かけたのは、こっそりと忍びこんだゲイルと、何か情報交換をしていたのかもしれない。

「だが連中はなかなかしっぽを出さなくてね。勝負は二十年目だから、柊にも無理はするなと言っておいたが」

「だが今日のこの騒ぎで、二十年前のことは明らかになる。将朝叔父が今…、どこにいるのかも」

何か抑えるような高視の言葉に、黒江は言った。

「父の…、遺体は処分したと言っていました」

「どこにやったのかを聞き取らなくてはな。きちんと埋葬しないと。叔父上の…、将朝様の名誉はきちんと回復させるよ。椿の名誉もね」

千弦の言葉に、お願いします、と黒江は深く頭を下げた。

「だが、天満と初魄がそろってこのような事件を起こしたとなると、神宮庁の存続にも関わるんじゃないのかな？」

高視が肘掛けに頬杖をついて、首をかしげてみせる。

「かなり発言力は落ちるだろうな。だが、廃することはできまい。……まあ、朔夜の力量次第かもしれぬがな」

どこかおもしろそうに、千弦が言う。

「朔夜様…、これからが大変なんですね」

思わず、黒江はつぶやいた。

一人残されて、神宮を背負わなければならないのだ。

「二十年前、先代の朔夜が椿に手をつけていたという噂が出ていたのだろう？」

千弦に問われて、黒江はあわてて曖昧に答える。

「あ…、はい。そんなこともちらっと…」

「おそらくそれは、初魄たちが意図的に流したのだろうな。自分たちの陰謀を隠蔽《いんぺい》するのと、一人だけ仲間ではない朔夜の、神宮内での発言力を落とすために」

ああ…！　と黒江は思わず声を上げた。

「朔夜は父親のその噂のことでずいぶんと荒れていたようだ。そのあたりも明らかになれば、もう少し神宮の仕事もやる気になってくれるのかもしれないが」

「それにしても、百年にも及ぶ、何代にもわたった反乱計画とはね」

高視が長く息を吐き、首を振った。

「キマイラなどと…、神に祈ればそんなものも造れるようになるのか？」

あきれたような口調だ。高視にしても、まさかそんなモノが飛び出してくるとは思ってもいなかったのだろう。

「神宮はいろんな研究施設でもあるからな。外からは探りにくいところだし…、長期間秘密を守るにはいい場所だ。巫として息子を出していた家には、司書職の者もいた。古い伝説の書を掘り起こしたのかもしれん。まあそのあたりは調べを進めればわかるだろうが……、しかしキマイラなど、そんなものが生み出せたとして、人の手で御しきれるものかどうか」

千弦の言葉に、黒江も思い出してゾッとする。

黒い塊――くらいにしか見えなかったけれど、正直、はっきりと見なくてよかった、とも思う。

あれが完全体とやらになっていたら、今頃、こんなに暢気に話してなどいられなかったはずだ。

もちろん真っ先に、自分が食われていたわけだが。

「それにしても…、さすがはペガサスですね。必要な時に現れてくださるなんて」

思い返すと、あの時は恐怖と混乱で、じっくりと見られなかったのが悔やまれる。あれだけ近くで見られる機会など、そうないだろう。

ふーんだ…、と横でゲイルがちょっと拗ねた。

「ああ…、まあね」

しかし千弦は気のない様子で、肩をすくめて見せる。

やはり飼い主だと、さほど感銘があるものでもないらしい。

『あんな気持ち悪いモノ、かじりたくなかったよぅ…』

黒江たちが退出間際、ぐすん、と妙に情けない声が隣の部屋からもれ聞こえたような気がしたが、まさかペガサスのはずはない。あのペガサスがそんな泣き言を言うはずもない。

◇

◇

王宮での混乱を横目に、黒江はほぼひと月ぶりに馴染んだ瑠璃の館へ帰ってきた。

実は千弦には、王宮で部屋を構えよう、と言われたのだ。そう、王族として。

父の名誉が回復されれば、唯一の血統である黒江の身分もきちんと保証される。

だが黒江は、それを固辞した。そして高視がよければ、今のままの立場でいたいと頼んだのだ。

生まれる前に亡くなった父だ。ピンと来ない、というのが正直なところで、自分が受け継ぐべき身分でもないと思う。わざわざ言わなければ、父に子供がいたことなど、公式にはわからない。

今からややこしい宮廷作法を身につけたり、なかなかに裏表のありそうな貴族のつきあいをこなす度胸もなかった。

今の…、今までの生活の方がずっと気楽で、幸せだった。

……幸せ、だったのだ。母が死んでからあとも。不幸だったことはない。

それは多分——間違いなく、ゲイルがいてくれたおかげだった。

父の守護獣だった男。父が唯一、残してくれたものだ。

それだけで、父には感謝している。

この夜、黒江は狭い部屋の中でうろうろと、ドアからベッドまで何十往復もしてしまった。

踏ん切りがつかない。ゲイルと……きちんと話そう、と思うのに。

今まで向き合っていなかったことを。

何度目か、ようやくよしっ、と決心して、ドアを開けようとした時だった。

いきなり、コンコン、と外からノックが聞こえ、黒江はドアの前で跳び上がりそうになった。

「は…はい…っ」

あせって声を上げ、息を整えて、そっとドアを開くと。

立っていたのは、ゲイルだった。人間の姿だ。

「あれ？　どっか行くとこだった？」

黒江の様子に、あ、と気まずそうに尋ねてくる。

「い…いえ。ぜんぜんっ。大丈夫ですよ」

黒江はあわてて、愛想笑いで答える。

すでに夕食も終え、夜も更けている。こんな時間から動きまわらなければならない用事などはない。

「……いえ。あの…、あなたのところへ行こうかと」

それでも意を決して口にした黒江に、ゲイルが怪訝そうに首をひねった。

「俺の？」

「あやまりたいと……思って。あの時…、あの神殿の宿舎で、ひどいことを言ってしまったから」

うつむいたままおずおずと言った黒江に、ああ…、とゲイルが短く息を吐いた。

「あー…、いや。あれは仕方がないさ。俺たちが話してなかったことだし。そりゃ、あんな話を……

あんなでっち上げの話を急に聞いたらさ」

頬のあたりを指で掻きながら、ゲイルが部屋の片隅にあったイスを引きよせ、背もたれに腕を預けるようにして馬乗りにすわりこんだ。

気楽な様子に、ホッと黒江もベッドの端へ腰を下ろす。

「それで…、あなたは何か？」

言いたいことはそれだけではなかったのだが、さすがに口に出しづらく、黒江は先にゲイルの用件を尋ねた。

「ああ…、その、なんだ。将朝について、何か聞きたいことはないかと思って」

――父親のこと。

黒江はちょっと考えこんだが、正直、パッと浮かばない。ただ。

「あなたのことは……、大事にしていたんですか？」

そんな問いにゲイルがちょっと目を見開き、ふわりと優しい笑顔を作った。

「ああ。いい主だったよ」

「その…、父のあと、あなたは誰とも契約していないということですか？」

「うん。主に死なれるのって、結構ショックだからな…」

ゲイルがわずかに肩で息をつく。

「もう…、誰とも契約するつもりはない、ってことですか……？」

おずおずと黒江は尋ねた。

「そうだな。……一人以外は」

まっすぐな目で見つめられて、黒江はドキリとした。

「ひ…一人……？」

ゲイルの目が、いたずらっぽく笑う。

「黒江はさ…、クマ、飼いたくないか？」

その言葉に、ビクッと肩が揺れる。

「私で……いいんですか？」

思わず、息をつめるように聞き返していた。

ずっと、高視の守護獣だと思っていた。それが嫌だった。

高視には世話になっていたし、黒江にとっても、ゲイルにとっても、いい主人だったのに。

この男が、他の誰かのモノであるのが嫌だったのだ。

だが自分に、そんな資格があるとはとても思えない。

ほんのわずかに、父から受け継いだものが何かあるとしても、おそらくは戦闘系のゲイルに見合った能力ではない。

自分では、ゲイルの能力をうまく使ってやることはできないだろう。

しかしゲイルは低く喉で笑った。

「おまえが飼ってくれねぇと、俺、野良クマのままだし」

言いながら、ゲイルがイスから立ち上がり、黒江に近づいてくる。

ずうずうしく横にすわりこみ、でかい図体で、可愛いふりをして、黒江の首筋から喉元へ頬をこすりつけてくる。無精ヒゲがこすれて、じくじくと痛いような……変にもどかしいような感触を覚える。

「野良じゃないでしょう。高視様のお世話になっているんですから」

そんな男を突き放すこともできないまま、黒江は視線だけそらせて、言い訳するように言った。

「だって高視は飼い主じゃねぇもん」

「もう…、父の命令を聞く必要はないんですよ…？　これ以上、私が狙われることもないですし」

ギュッと胸が切なくなるのをこらえて、黒江は言葉を押し出す。

「今までだって、将朝の命令だからおまえの側にいたわけじゃないんだけどな？」

そんな、意味ありげな、期待させるような言葉が耳をくすぐる。

「また……縛ることになりますよ？」

きっと、不本意なことも多いはずなのだ。

「縛られるのが嫌なら、契約なんかしないさ」

ゲイルが耳許で、かすれた声で言って、ぺろり、といたずらするみたいに耳をなめた。

あっ…、と黒江は反射的に身を縮める。

「クマは役に立つぞー。力持ちだし、働き者だし。木登りも得意だし、川も泳げるし、魚も獲れるし。

ダンスもうまいし」

「嘘ばっかり」

にやにやとうそぶくのに、黒江は小さく言い返した。

少なくとも、働き者なのは嘘だ。

「夜遊びとかも……いっぱいしてるじゃないですか」

「いっぱいも遊んでねーだろ」

「しょっちゅう朝帰りしてるくせに」

「しょっちゅうもしてねーって」

うっかり思い出して、つまらないことでなじってしまう自分が、ちょっと嫌になる。

だがもし自分が主になったら。きっと、命令してゲイルを縛ってしまう。

そんなことは嫌だった。ゲイルの生活が窮屈になるのは。……それではいずれ、主から気持ちが離れるばかりだろう。

それなら、今のままでいい、とも思う。

しかしゲイルは言い訳するように続けた。

「けど、発情期っつーモンがあるからさー。うっかりおまえを襲わねぇように、適当にガス抜きしとかないと、マジでやばかったから」

「……襲う？」

うっかり聞き流しそうになり、えっ？　と聞き返してしまった。

「十五、六の頃のおまえ、ぷりぷりのピチピチでむっちゃ食べ頃だったなー」

にまにまと思い出したように顎を撫でる男に、黒江は全身の熱が上がったようで、思わず小さくうめいた。

「ヘンタイ……」

「なんでだよっ」

「じゃあ、今の私は食べ頃を過ぎているわけですね」

妙にトゲトゲしい口調になってしまう。

「いやいや。今もおいしそうだよ？　俺としては、今くらいが好みだけどな？」

「……別に聞いてません」

すかした口調で言われ、真っ赤になって、黒江はむっつりと言い返した。

「そうか？　……うん。パンケーキよりうまそうだ」

スンスンと首筋に鼻先をよせてねっとりと言われ、ゾクッと肌が震えるのがわかる。

「そんなモノと比べないでくださいっ」

黒江は思わずわめいた。

何というか、人間の立場がない。

それでもいつの間にか…、太い腕にしっかりと抱きよせられ、胸の中に顔を埋めると、言いようのない安心感に包まれる。匂いにくらくらする。

「全部…、面倒みてくれよ。ご主人様」

でかい男がねだるように言い、大きな手のひらが黒江の頬から顎を撫でてくる。

唇がこめかみに触れ、まぶたに触れ、鼻先に、そして唇に落ちてくる。

「ん…っ…、ふ……」

初めての、キスだった。こんな大人のキスは。

反射的に突き放そうと肩に掛かった手が、いつの間にかぎゅっときつくつかみ、何度も与えられる甘いキスに思考が酔っていく。

うまい……のだろう。クマのくせに。おっさんのくせに。

「黒江……」

甘い声がささやき、指先がこめかみの髪を撫で上げ、そのままゆっくりと、ベッドの上へ押し倒された。実際、その体勢にも、黒江は気づいていなかったのだろう。

男の体重を受け止め、さらに角度を変えてキスが与えられて、ただ夢中でそれを受け止めることしかできない。

「初めてだよな、黒江？　すげー、カワイイ……」

ため息とともに忍び笑いをもらし、男の手がシャツの隙間から素肌を撫で上げる。

「あっ…ん…っ」

指先で乳首がなぶられて、ようやく黒江は今の自分の体勢を自覚した。

あまつさえ足が絡み合い、おたがいの中心が服越しに当たっている。

カーッ、と頭のてっぺんまで血が上った。

「しゅ…守護獣だったら、主の命令には絶対服従なんですよね…っ？」

とっさに胸で遊ぶゲイルの手を両手でつかみ、黒江は必死に尋ねた。

「そーだよ？」

「おっ…お預けって言ったら、止めてくれるんですよねっ？」

「あぁ？　犬じゃねぇから」

むっつりとゲイルがうなった。そして、何か思いついたようににやっと笑う。

「つーか、まだ契約してねぇだろ？」

「け…契約って……どうやってするんですか…？」

「あとで教えてやるよ。終わったらな」

「終わったらって…っ」

「うん。めっちゃ、よくしてやるから。じっくりカラダに教えこんでな。ご主人様からねだってくれるようになれば、問題ねーわけだろ？」

「そ…そんなことしません…っ」

真っ赤になって、黒江は目の前の不遜な男の顔をにらみつける。

「どうだかなぁ…」

空とぼけたように言いながら、男の手が器用に動いて、黒江の服を脱がそうとする。

「ちょっ…、なんで…っ？」

混乱してジタバタしてしまうが、ハイハイ、となだめるような言葉で、あっという間に全部、剝ぎとられてしまった。

手慣れている。どれだけ遊んでいるのか、想像できるというものだ。クマのくせに。

「キレイだなー」

うれしそうに上から見下ろされて、恥ずかしさに黒江は両腕で顔を隠す。

喉で笑いながら、男は自分のシャツを脱ぎ捨てると、ほら、と黒江の腕をつかんで引き剝がした。

そして大きな身体が、全身を抱きしめるようにすっぽりと重なってくる。離さないように足が絡み、おたがいの中心がこすれ合う。

「あ……」

ゲイルだけではない。自分自身、形を変えてしまっているのが生々しく教えられて、黒江は恥ずかしさに唇を嚙みながらも、男の首に腕をまわしてしがみついた。

「ほら…、いい子だ。好きなように声出していいから」

なだめるようなキスをしてから、男の唇が首筋へと這い、くっきりと浮き出した鎖骨をなめ上げていく。

薄い胸の上で小さく芯を立てているところが執拗《しつよう》に舌先でなぶられ、押し潰されて、さらに濡れて敏感になった乳首が指で摘《つま》み上げられる。

「ひぁ…っ！　――あぁっ、あぁぁ……っ」

痛いくらいに鋭い刺激に、黒江はたまらず胸を反らすようにしてあえいだ。

かまわずもう片方が甘噛みされ、黒江が泣き出すまで続けられる。脇腹が確かめるように指先で撫で下ろされ、操られるみたいにビクビク…と肌が震えてしまう。

足のつけ根が丹念に撫でられ、膝が持ち上げられて、やわらかな内腿にくっきりとした噛み痕が残される。

ジン…と沁みるような痛みと、得体の知れない快感に、黒江はどうしようもなく身体をよじった。

頭の中は真っ白で、もう自分がどうなっているのかもわからない。

「すげぇな…。どこもかしこも感じるみたいだ」

しかしわくわくといかにもうれしそうに言われて、黒江はカッ…と頬を熱くする。

「こんなんでよく今まで無事だったな…。あ、俺が守ってたからか」

勝手に自画自賛してから、グイッと恥ずかしいばかりに黒江の片足を持ち上げた。

まったく、それで自分が襲っていれば世話がない。

「やっ…、いやぁ…っ」

反射的に振り払おうとしたが、とても力ではかなわない。

無造作に、隠すこともできないままに大きく足が開かれ、恥ずかしく形を変えた中心が男の目の前にあらわになる。

「うわー…、カワイイ。うまそうだ」

にやにやと笑いながら言うと、先端からいやらしく蜜《みつ》を滴《したた》らせる黒江のモノを指先でそっとなぞり、ビクビク…と震わせる。

「あぁぁぁ……っ」

茎を伝い落ちた滴を根元のあたりからなめ上げられて、黒江はたまらず腰を跳ね上げた。

「ダ…ダメ…っ、それ……ダメ……っ」

わけもわからず、黒江は首を振る。

「そうかー、コレはダメかー」

くすくすと笑ってのんびりとした調子で言うと、ゲイルはさらに黒江の足を高く掲げ、ぐいっと腰を浮かせた。

「なっ…、やぁ……っ」

黒江は悲鳴を上げたが、かまわずゲイルは黒江のモノを口に含んだ。

「あぁ……っ、あっ…あっ……あ……ふ…ぁ……ん……っ」

熱い舌にしゃぶり上げられ、元の双球がやわらかくもみこまれる。

どうしようもなく、黒江は男の髪を引きつかみ、腰を振り立てていた。

器用な舌が黒江のモノに絡みつき、くびれをなぞり、先端の小さな穴を吸い上げる。それに合わせて指が茎をこすり、黒江は一気に限界まで押し上げられた。

どうしようもない。誰かの手でされたのも、口でされたのも、初めてなのだ。

「ゲ…ゲイル…っ、もう……っ」

こらえきれずに、黒江は口走った。

「……うん？　出していいぞー」

相変わらずのんびりと言い、ゲイルはさらに激しく舌を使った。

必死に我慢したがこらえきれず、とうとう黒江は男の口の中に出してしまう。

「ダメっ……ダメ……っ、——あぁぁ……っ」

解放感と甘い快感と、脱力感と。

しばらく黒江はあえぐだけで、まともな意識もなかった。

だが気がつくと、男の舌はさらに腰の奥の方へと侵入を始めている。力の抜けていた腰が、男の舌遣いにグズグズと溶け出しているのがわかる。

ぐったりとろくな抵抗もできない下肢が男の指で押し開かれ、執拗な愛撫《あいぶ》に溺れていた。無意識に媚《こ》びるみたいに身体がくねり、知らず自分の手で前を慰めてしまうほどに。

両足が高く抱えられ、大きく開かれて、男の舌が丹念に奥の細い筋を濡らしていく。

羞恥《しゅうち》と快感と、そして脱力感が一緒になって、されるまま、黒江の身体は高められていった。

それでも一番奥の隠された場所が太い指で暴かれると、白く濁った意識に一気に理性がもどってきた。

「ゲイル……っ、そんなところ……っ」

真っ赤になって声を上げ、腰を引こうとしたが、男はにやりと笑っただけで、かまわず力で押さえこみ、ことさら恥ずかしい音を立てるようにしてなめ溶かしていった。

「いやぁ……っ」

あまりの恥ずかしさに顔から火が出そうで、黒江は両手で自分の顔を覆ってしまう。

しかし腰はいやらしく振り乱して。

舌の愛戯《あいぎ》に溶けきった襞《ひだ》が男の指にからかうみたいにこすられて、貪りつくように淫《みだ》らに収縮する。

「イイなぁ…、素直で」

喉で笑われ、さらに顔が赤くなる。

指が一本、溶けきった襞をかき分けるようにして中へすべりこんできた。

「――ん…っ、あぁぁぁ……っ！」

初めて自分の身体の中へ異物を受け入れ、しかし与えられる快感に頭の芯が焼き切れた。

「あぁ…っ、いい……っ」

夢中で男の指をくわえこみ、骨までしゃぶりつくそうとするみたいにきつく締めつける。

「すごいな…」

意地悪く笑うようにつぶやくと、男は無慈悲に指を引き抜いてしまった。

「いやぁっ……！　まだ…っ、もっと……っ」

意識のないまま恥ずかしくねだって、黒江は腰を振りたくる。

「もっとよくしてやるから」

楽しげに言いながら、今度は二本の指が中をかき乱した。

さらに男の手で猛りきっていた前がこすり上げられ、黒江は頭の芯まで痺れて、意識が大きな波に呑みこまれそうになる。

「ココ？　気持ちいい？」

聞かれて、息も絶え絶えのまま、まともに答えることもできない。両手でシーツを引きつかみ、激しく身をよじった。

腰の奥が何度も指でえぐられ、感じる場所が次々と暴かれていく。さらに指は三本に増え、その大きさに馴染まされる。

同時に指の腹で濡れそぼった先端がいじられて、こらえきれずに黒江は放っていた。

「あぁぁ……」

全身から力が抜け、黒江はぐったりとシーツへ沈んだ。

――こんなの、ダメだ……。

泣きそうになりながら、黒江は内心でうめく。

初めてなのに。こんなにされたら、とても身体がもたない。溶けてなくなりそうだ。

みんな、こんな感じなのだろうか？　それとも、クマだから？

「黒江」

しかしかまわず男はうれしそうに黒江の頰に、額にキスを落とし、頰をすり寄せてくる。

「ほら、黒江。コレ、入れていい？」

そしてわくわくとした顔で尋ねてきた。

――コレ。

と、男が片手で示したモノを、ぼんやりとした眼差しで眺める。が、その凶器に、一気に目が覚めるような気がした。

「ダメ…っ、無理ですっ！　そんなクマサイズっ」

半分身体は逃げかけたが、情けなく腰が動かない。

「ほら…、恐がんなよ。ほんのちょっとだけだから」

しかし調子よく、男がねだってくる。

「ちょっとってなんですかっ！」

「んー、先っちょだけ？」

「ウソ…っ」

「うん。ウソ」

「なっ……」

あっさりと悪びれずに認めた男に、黒江は思わず目を剝いた。

「全部入れたい」

熱っぽい口調で言われて、黒江はたまらず視線を逸らす。

「そんな……」

「ダメか……？　ゆっくり、痛くないようにするから。な？」

ずるい。クマのくせに。クマのくせに。

おっさんのくせに。

「俺も気持ちよくして？」

そんなに可愛く言うのは。

「ゆっくり……ですよ？」

涙目で言うと、うん、と男がうれしそうにうなずく。

「ちょっとずつ……な」

そう言うと、ゲイルが黒江のそこを再び指でいじった。

とろりと溶けきった場所が指で押し開かれ、その中が舌先で愛撫される。

「それは…っ、もういいですから……っ」

真っ赤になって、歯を食いしばって黒江は声を上げる。

「けど、十分濡らしとかないと？」

とぼけたように言われ、正直、素面で与えられるその過程が死ぬほど恥ずかしかった。もういっそ、痛くてもいいからっ、と叫び出しそうなくらい。

ようやく熱く潤んだ先端が押し当てられ、少しずつ入りこんでくる。

息を吐き、汗をにじませて、黒江はゆっくりと受け入れていく。

「黒江……」

大きな腕が背中にまわり、引きよせるようにして、腰を密着させる。

黒江も夢中で、男の首にしがみついた。

ようやく最後まで入ったようで、男が深い息をつく。

「すげぇ…、いい……」

かすれた声でうめき、そんな素の言葉に、黒江も顔が赤らんでしまう。

中の男がドクドク…と脈打つのが、直に肌に沁みこんでくる。一つになっているのだと、感じることができる。

「たまんねぇな…、こんな……」

歯を食いしばるようにしてうめくと、男の腰がだんだんと速く、律動を始める。

「ゆ…ゆっくり……動いて……ください…っ」

あせって声を上げた黒江だったが。

「や…、それ、ちょっと無理。それにまだおまえとは契約してないから、守護獣じゃねぇもん。ただのオスだもん」

勝手な言い分に、黒江は思わず目を見開いた。

片手で男の髪をつかみ、涙目でにらみつける。

「なにが、『だもん』ですか！」

「かわいーだろ？」

「可愛くないです！　――ひっ、あぁぁぁ………っ」

卑怯にも腰をグラインドさせるように男が動き、黒江は嬌声を上げて男の身体にしがみつく。

「……悪い。ホント、無理」

噛みつくようにキスをされ、腰が引きよせられて、激しく突き上げられる。

さらにあっちこっち、全身を甘噛みされ、歯形を残されて。

本当に食われてしまうかと思った。あのキマイラの化け物に食われるのと、あまり変わりはなかったんじゃないかと思えてくる。

ようやく満足したらしいクマが放してくれた時、黒江はほとんど意識を失うように眠りに落ちていた。

野生が長かっただけに、どうやら腰を据えて躾《しつけ》が必要なようだった――。

翌々日。

黒江はひさしぶりに朝から厨房に入っていた。

決して黒江は料理ができないわけではなく、ただ最近は事務的な仕事が多くなっていたので、やる暇がなかっただけであり、そこそこ腕には自信がある。

そしてできあがったのはパンケーキだった。

うわぁ…、と厨房の若い子たちに歓声をもらってから、それをゲイルがいるリビングへと運んでいく。

「おっ、何かいい匂いじゃないかっ」

さすがに鼻の利く動物らしく、部屋に入ったとたん、ぴょん、と跳び上がるように席を立つ。

「パンケーキ？　えっ、なにそれっ、おまえが作ったのっ？」

興奮したように黒江が皿を置いたテーブルに近づいてくる。

「そうですよ」

黒江はすまして答えた。

会心の出来であるパンケーキは、クマ型だった。もっとも、ぬいぐるみのような可愛いクマだ。

「へー、カワイイじゃないか」

「そうでしょう」

「俺、そっくり！」

「……そうですか？」

「食べるのもったいないー」

「そうですね」

何か、若い女の子みたいにはしゃいだ声を上げ、うれしそうにゲイルが相好を崩すのに、黒江はにっこりと微笑んだ。

「でも、切り刻んで食べます」

シャキーン！　とナイフとフォークを取り出して、黒江がクマ型のケーキの上に構えてみせた。

「ひどっ」

ゲイルが大きな口を開けて、涙目でわめく。

「じゃ、食べないんですか？」

「食べるけどさぁ…」

うっ…、とうめいて、ゲイルがパンケーキの同類を眺める。

「首をはねますか？　足をもぎますか？　それとも、腹を割きますか？」

「キャーッ、キャーッ、キャーッ！」

「背開き？　腹開き？」

「やーめーてーっ」

子供がイヤイヤするみたいに、ゲイルが両手を耳に当ててぶんぶんと首を振った。

なかなかのダメージだ。

黒江は内心でほくそ笑む。

「切らないと食べられないじゃないですか。おいといても腐るだけですしね」

「うぅっ…」

悩んだ末、ようやくゲイルが妥協する。

「耳はかじってもいい……かも」

そんな言葉に、黒江は無慈悲に片耳をもいだ。甘ったれた男が、あーん、と口を開けるので、ちょっとにらんでから放りこんでやる。

「うまいけど、なんかほろ苦い……」

「蜂蜜、かけますか？」

「うん…」

黒江は一緒に持ってきていた小さな容器を傾け、クマの頭の上から蜂蜜を垂らしていく。

「なんか、エロいな…」

黄金色の蜂蜜がクマのボディを流れていくのを眺めながら、ゲイルがにやっと笑って顎を撫でた。

そして鼻先を黒江の耳の下に押し当て、こっそりとささやくように言う。

「俺も食っていいよー？」

「クマを食べるほど、私は悪食じゃありません」

ちょっと頬が熱くなるのを感じながらも、強いて平然と黒江は言った。

「おいしいのに」

意味ありげな目で眺めてくる。

それを、めっ、と厳しく黒江はにらみつけた。

「私が主なんでしょう？　これからはきちんと、言うことは聞いてもらいますよ」

「えー。今までだってちゃんと絶対服従だっただろ？」

ずうずうしくクマがうそぶく。

その右手首には、鮮やかな赤い輪がはまっていた――。

end.

冬ごもり

「キャアアアアア……！」

と、それこそ耳をつんざくような甲高い悲鳴が「瑠璃《るり》の館」に鳴り響いたのは、そろそろ冬を迎えようかという晩秋の朝方だった。

北方五都の冬は早い。

昨日までの小春日和《びより》が一転して、この日は真冬がひと足早く様子を見に来たかのような、かなりの冷え込みになっていた。

朝起きて、黒江《くろえ》もぶるっと身震いし、今日は一枚余計に着こまなくては、と確信したくらいだ。食事も温かいスープや煮込み料理を多めにして、そろそろ暖炉に入れる薪《まき》の準備も必要だ。本格的な冬支度である。

いそがしくなりそうだ、と朝からテキパキとあちこちに指示を出し、自分も高視《たかみ》の冬の衣装を手入れしようと、引っ張り出していたところだった。

そのけたたましい悲鳴を聞いたのは。

さすがにただならぬ異変を感じ、黒江は廊下へ走り出た。他の使用人たちも驚いたように立ちつくしている。

「何ですか？」

「わかりません。下の方から聞こえましたが…」

侍女のそんな言葉に、黒江は足早に廊下を急ぎ、正面玄関に面した階段まで出る。

何が起こったのか、まったく見当がつかなかった。厨房《ちゅうぼう》でネズミが出た、とかで女たちが騒ぐことはあったが、こんな館のど真ん中、玄関口である。

東雲《しののめ》家という、王家に連なる名家に仕える侍女たちで、それなりに作法はできているはずだ。よほどでなければ、これだけ騒ぐようなことはない。

と、眼下に大きく開かれた玄関扉が見える。その前に侍女が一人、立ちつくしており、あわてたように館中から侍女や侍従《じじゅう》たちが集まってきている。

黒江も急いで階段を駆け下りた。

「どうしました？」

背中から黒江が強《し》いて落ち着いた声をかけると、侍女が引きつった顔を両手で覆《おお》って、ハッとふり返る。

「あ…あれを……っ」

震える腕を伸ばし、扉の外を指さした。

それが何なのか、すぐにはわからなかった。

ほんの数段の石段の向こう。

何もない……ように一瞬見え、しかしすぐに、地面に大きな塊《かたまり》があるのがわかる。

灰色の毛に覆われた——。

黒江は瞬間、大きく目を見張った。

「ゲイル！」

クマ、だ。大きな灰色熊《ぐま》がバッタリと、うつぶせに倒れているのである。

わかった瞬間、頭の中が真っ白になり、黒江は侍女を突き飛ばすようにして走り出していた。

「ゲ、ゲイルさんっ!?」

あとから数人の侍従たちもバラバラと飛び出してくる。

「ゲイルっ！　ゲイルっ、どうしたんですかっ？」

「大丈夫ですかっ？」

地面に膝《ひざ》をつき、大きな身体に取りすがって揺さぶってみるが、反応はない。

心臓が止まりそうだった。何があったのか、まったくわからなかった。

急病なのか、猟師に撃たれたのか、あるいは他の何かに襲われたのか。しかしクマが襲われるなど――。

と、その時だ。

何か、かすかな音が耳に届いた気がした。

しっ、と反射的に黒江が唇に指を当てると、まわりにいた男たちが一気に口を閉ざす。

一同が息をつめる中、このでかい身体の下から聞こえてきたのは。

クカーッ、クカーッ……、という安らかな音だ。

……寝てる？

思わず眉間《みけん》に皺《しわ》をよせ、黒江は地面に頬《ほお》をつけるようにしてクマの顔に耳をよせる。

間違いなく、その音はこのクマが発しているようだ。

むっくりと起き上がった黒江の目に、明らかな怒りを感じたのだろう。

苦笑いしていた侍従たちの顔が、ひくっと引きつった。

「ええと…、どうしましょう？」

そして、急に重々しい表情を作って尋ねてくる。

「このままおいておくわけにもいかないでしょう」

立ち上がりながら、冷ややかな口調で黒江は言った。

本来は捨てておいてもいいところだが、玄関前にこんなでかいモノが寝ているのは、あまりにも邪魔すぎる。来客に対しても見栄えがよくない。

「中へ入れてもらえますか？　引きずってかまいませんから。階段下の物置にでも放りこんでおいてください」

「も、物置ですか……」

男たちは顔を見合わせたが、黒江はかまわずドスドスと足音も荒く館内へもどった。

――まったく人騒がせなっ！

背中で、「行くぞぉ！」というかけ声が聞こえてくる。どうやら男手五人ほどで担ぐ……のはさすがに無理らしく、やはりずるずると引きずられていた。

石段などはかなり痛いと思うのだが、まったく目覚める様子がないのはたいしたものだ。

両手足と頭が引っ張られ、まるでクマ皮の敷物みたいな、情けない有り様だった。守護獣の誇りやら、威厳やらはカケラもない。

飼い主の顔が見てみたい――、と思うくらいに恥ずかしい。

さすがに物置は…、と情けをかけられたらしく、ゲイルは玄関脇の小部屋に入れられ、毛布も掛けてもらったらしい。

目を覚ましたのは、午後の三時。ちょうどおやつ時だった。

焼かれていたリンゴパイの匂いが鼻を刺激したらしい。のっそりと厨房へ現れ、ガツガツと食べていたところを見つけた黒江は、耳を引っ張って部屋へ連行したのである。

「それで？　あの無様な姿はいったい何なんですか？」

いかにもトゲトゲしい口調で尋ねた黒江に、まったく悪びれた様子もなく、ゲイルはパイの皿を抱えたまま、そうそうっ、と声を上げた。

『いや、びっくりだよ、今日の寒さはっ。いきなりだろ!?』

丸い目をさらに丸くして訴える。

「びっくりなのはこっちですよ。いきなりあんなところに倒れてるなんて」

腕を組み、いかにもあきれたため息をついて、黒江はクマをにらみつけた。

『うっかり冬眠モードに入りそうになったんだって。油断したわー。これから薪《まき》小屋に行く時は、ちゃんとマフラーしとかないとっ』

——マフラーかいっ！

と、黒江は内心でつっこむ。

何のための毛皮だ、というか。

「本格的な冬はまだ先ですよ？」

まったく先が思いやられる。

いやまあ、確かに、これまでもゲイルは冬が来ると二、三カ月、冬眠していたわけだが。

昔は黒江も心配になって、一日に何度も部屋に様子を見に行っていた。起こさないように、そっと足を忍ばせて。冬眠中、ふいに目を覚まして、夢遊病者のように真夜中、厨房で食料を荒らしていたこともある。

『クマは体温が三度下がっただけで眠くなんだよー』

「効率の悪い生き物ですね」

『ほっとけ。つーか、人間だって体温が三度上下すりゃ、生死をさまようだろ。クマの方が合理的だろ』

「しかし守護獣のくせに冬眠するって、それ、いいんですか？」

黒江はちょっと眉をよせて尋ねた。

前から疑問に思っていたことだ。こんな長い期間冬眠していたら、主を守れないんじゃないか、と。敵だって、相手の守護獣がクマだと知っていれば、真冬の冬眠中を襲ってくるだろう。ヘビのように戦闘系でない動物であれば、さして問題はないのかもしれないが。

『いいも悪いも、自然の摂理だしー』

「冬眠中にご主人様が死んだらどうするんです？」

何気ない、本当に純粋な疑問に、ゲイルがヒッ！　と身体を震わせた。

『それ、マジで恐いから。冬眠から目が覚めて、主が亡くなってたりしたら、ショックがでかすぎるから。すげぇトラウマになるから。ほんと、やめてくれよ…』

情けない顔で、しょぼしょぼと黒江を見る。

「だってわからないでしょう、そんなこと」

『いやまあ、だから戦争中とかさ、よっぽどヤバイ時は冬眠はしねーと思うよ？　気を張ってやり過ごすとかさー。なるべくあったかくして過ごすとか。多少の機能低下はあるかもしんねーけど』

「結局は気の持ちようですか…」

ちょっとあきれて、黒江はうめいた。

だったらふだんから、気合いを入れろよ、という気もして。

『だから冬眠するのは、普通に考えて大丈夫そうな時だろ。もちろんそれでも、急な病気とか事故とかはあるわけだけど。平和な証拠だって』

ぺろっとリンゴパイを丸ごと平らげて、ゲイルがニカッと笑った。

『つーわけで、本格的な冬眠前になったらよろしくなっ』

「何をよろしくなんです？」

怪訝《けげん》に、黒江は首をかしげた。

『決まってんだろ？　冬眠前のクマだぞ？』

ずいっと身を乗り出すようにして詰められ、ああ…、と思いつく。

「食いだめするんですか。パンケーキ？」

『うんっ』

ハートマークが飛びそうな、とろけた顔をしてみせる。クマのくせに。

……ちょっと可愛くて、気持ち悪いというか、憎たらしいというか。

『あと、ヤリだめ〜。いやぁ…、長い禁欲生活に入っちゃうしなっ』

話の流れと勢いか、さらっとつけ足されたずうずうしい要望に、黒江はむっつりと返した。

「却下です」

だいたい、寝てたら禁欲も何もないはずだ。

『なんで――っ!?』

ゲイルがいかにも衝撃を受けたように、よろめいてみせる。

「主の権限で。身体がもちませんから」

ふだんでさえ、たいがい……つまり、黒江にとってはかなり激しすぎるのに、ためるほどやられたら、こっちが冬の間寝こみそうだ。

『ひどいっ！　飼いグマの体調管理とメンタルケアは飼い主の務めだぞっ？』

「そうですね。新米の飼い主としては、あなたの口車にのって少し甘やかしすぎかと反省しています。これからはもっと厳しく、甘いモノ制限と、……そっちの制限もしたいと思います」

いや、実のところ、守護獣の扱いというのがまったくわからなかった黒江は、「愛情を確認するには、週三回」とかマジメな顔でゲイルに言われ、当初は言われるままにつきあっていた。しかしさすがにクマ相手の週三回では腰が重くなって、恥ずかしながらも高視に相談すると、爆笑されたあげく、「嘘だよ、それ」とあっさり言われたのだ。

冬眠してくれるのであれば、黒江としてはその間、ちょっと楽な気もするくらいだ。

顔を赤くしつつもぴしりと言った黒江に、ゲイルが「キャーッ！」と、両手を頬に当て、でかい身体を細く引き伸ばすみたいに悲鳴を上げた。

『愛情が足りない～っ。淋《さび》しくて死んじゃう～っ』

どこのウサギだ。

「パンケーキくらいなら焼いてあげますよ」

めんどくさくなって言った黒江に、クマがぎゃんぎゃんとダダをこねる。

『それもそうだけどっ！　けどぉっ』

と、どこから聞いていたのか、ドアの外を通りかかった高視がクスッと笑った。

「むしろ、黒江は冬眠明けのゲイルの相手の方が大変だと思うけどね？」

冬眠明けのクマ――。

腹ぺこで、欲求不満。

ハッと振り返った黒江に、ゲイルがすっとぼけた顔で明後日《あさって》の方を向いていた――。

end.

あとがき

ガーディアンのシリーズ、3冊目になります。例によって新しいカップルですね。今回はどちらも初登場のキャラになりますので、初めての方もまったく大丈夫でございます。もふもふなシリーズ（一応）ですが、今回はクマさんです。攻めクマさんですね。心優しい攻めクマさんをっ、というリクエストを、もうずいぶん前から、折に触れていただいておりまして、私もドーブツなら一度はクマを書かないとなー、と思っておりました。ようやく書けてよかったです。前に一度、クマと言えばクマを書いたのですが、ぬいぐるみの受けクマさんでしたもんね。

というわけで、ちょっぴりおっさんグマ、でもちゃんとするとイイ男なゲイルと、素直でしっかり者の黒江《くろえ》ちゃんです。黒江は、日本語読みというより、私の頭の中では「クロエ」と微妙にカタカナ読みでした（笑）。なかなか可愛いカップルなんじゃないかと思います。意外と年の差の雰囲気もあるのかな。しっかりしているくせに初心な黒江は、あっさりとクマに言いくるめられてしまいそうですが。そういえば、ペガサス様も出てきておりますね。前作を読んでくださった方には、ふっ、と乾いた笑いを浮かべていただければと思います。実はプロットの段階では特に出番はなく、この危機のためにペガサスがいるんじゃないのか⁉　働けよ、ペガサスっ！　……と我ながら、内心でつっこんでおりました。何とか面目を保った……のか？　そのルナ様の活躍（？）は、いよいよ次の本です。

今回イラストをいただきました山岸《やまぎし》ほくとさんには大変な作業をしていただきまして、本当に申し訳ございません。しかしクマの想像以上の愛らしさに、きゅんきゅんしておりました。口絵もパンケーキに喜ぶクマも可愛すぎて身悶え、人型のゲイルのかっこよさと美人さんの黒江に頬が緩みます。本当にありがとうございました。そして編集さんには、相変わらず以上に今回は大変なご迷惑をおかけいたしまして、お詫びの言葉もございません…。この失敗を忘れないよう、新たな気持ちでがんばりたいと思います。懲りずにどうかよろしくお願いいたします。

そしてお待たせしたにもかかわらず、こちらを手にとっていただきました皆様には、本当に感謝の気持ちでいっぱいです。当初予定より発行が遅れましたのは、五〇〇％私の責任でございます。本当に申し訳ございません。気合いを入れ直して、また新しい世界へどしどしと踏み込んで行きたいと思いますので、どうかよろしくおつきあいくださいませ。

それではまた、次の本でお目にかかれますように。

7月　冷凍庫に買い置きアイスが増殖中。お気に入りは蜂蜜バニラ♪

水壬楓子《みなみふうこ》

この本を読んでの
ご意見・ご感想を
お寄せ下さい。

〒151-0051
東京都渋谷区千駄ヶ谷4-9-7
(株)幻冬舎コミックス　リンクス編集部
「水《みな》壬《み》楓《ふう》子《こ》先生」係／「山《やま》岸《ぎし》ほくと先生」係

リンクス ロマンス

レイジー　ガーディアン

2014年8月20日　第1刷発行

著者……………水《みな》壬《み》楓《ふう》子《こ》
発行人…………伊藤嘉彦
発行元…………株式会社　幻冬舎コミックス
〒151-0051　東京都渋谷区千駄ヶ谷4-9-7
TEL 03-5411-6431（編集）
発売元…………株式会社　幻冬舎
〒151-0051　東京都渋谷区千駄ヶ谷4-9-7
TEL 03-5411-6222（営業）
振替00120-8-767643
印刷・製本所…株式会社　光邦
検印廃止

ISBN978-4-344-83175-9 C0293
Printed in Japan

幻冬舎コミックスホームページ　http://www.gentosha-comics.net